HIDDEN AGENDA

Tip TONGUE

DES ROMANS QUI PASSENT PETIT À PETIT EN ANGLAIS

La fiction au service de l'innovation pédagogique

La collection Tip Tongue a obtenu en 2015 le Label européen des langues, récompensant des projets pédagogiques d'excellence en matière d'apprentissage et d'enseignement innovants des langues étrangères.

3 leviers inédits et efficaces pour apprendre une langue étrangère :

• **le plaisir :** celui de lire une excellente histoire,
• **l'immersion :** celle du héros, et par identification, celle du lecteur,
• **la confiance en soi :** les personnages mettent en œuvre toutes sortes de stratégies pour communiquer, de façon naturelle et décomplexée.

Tip Tongue, c'est aussi un site Internet

www.tiptongue.u-bordeaux-montaigne.fr

Ce site propose des lexiques illustrés, des exercices de compréhension, des jeux...

(site réalisé par l'UFR Langues et civilisations étrangères de l'université Bordeaux-Montaigne).

Tip Tongue se décline en plusieurs langues (anglais, espagnol, allemand) et pour tous les âges

- À partir de 8-9 ans (CE2-CM1)
- À partir de 10-11 ans (CM2-6e)
- À partir de 12-13 ans (5e-4e)
- À partir de 14-15 ans (3e-2nde)

Chaque roman correspond à un niveau cible du **CECRL** (niveau européen de référence).

Découvrez les titres Tip Tongue en audio-book

Chaque titre offre une version intégrale audio téléchargeable.

MP3
VERSION AUDIO GRATUITE

http://tiptongue.syros.fr

Tip TONGUE

Une collection dirigée par Stéphanie Benson

Label européen des langues

Tip Tongue a obtenu en 2015 le Label européen des langues, récompensant des projets pédagogiques d'excellence en matière d'apprentissage et d'enseignement innovants des langues étrangères.

En partenariat avec l'UFR Langues et Civilisations
Université Bordeaux-Montaigne.

www.tiptongue.u-bordeaux-montaigne.fr

Université
BORDEAUX
MONTAIGNE

Couverture illustrée par Anne-Lise Nalin

ISBN : 978-2-74-852101-6

25, avenue Pierre-de-Coubertin, 75013 Paris

CHRISTOPHE LAMBERT
ET SAM VANSTEEN

HIDDEN AGENDA

SYROS

Chapter One

WELCOME TO SAN FRANCISCO!

« Ladies and Gentlemen, we are about to begin our approach to San Francisco International Airport », annonça une voix masculine *via* les haut-parleurs au-dessus de la tête d'Arthur. Le garçon se concentra pour comprendre la phrase du pilote. « Begin » voulait dire « commencer » et « approach » ressemblait beaucoup au français : l'avion commençait sa descente vers San Francisco.

Je vais atterrir à San Francisco dans quelques minutes !

Arthur avait presque envie de se pincer alors qu'il regardait par le hublot de l'appareil.

Si on m'avait prédit qu'un jour je passerais ma journée d'anniversaire dans l'avion et que cette journée ferait trente-trois heures en tout avec le décalage horaire, je n'y aurais jamais cru, songea-t-il.

Et dire que tout était parti d'un jeu sur Internet, plus précisément d'un concours organisé par le site *Crazy movies*. Ce célèbre site de cinéma avait proposé aux internautes un quiz très pointu consacré à Edward Latimer, le réalisateur-producteur à l'origine de Pixel, le plus célèbre studio d'animation 3D du monde ! Grand amateur de films en général et des productions Pixel en particulier, Arthur avait fait un pari avec Mathis, son meilleur ami :

– Tu verras que je vais trouver plus de bonnes réponses que toi !

– Pari tenu !

La question qui avait fait la différence était : « How old was Edward Latimer when he directed his first short? » Question facile à comprendre, même en anglais, lorsqu'on est cinéphile et qu'on dévore les revues de cinéma. Arthur avait compris depuis peu (et ça avait changé du tout au tout son rapport à l'anglais) qu'il suffisait d'identifier un ou deux éléments d'une phrase pour pouvoir deviner le reste. Ça ne marchait pas à cent pour cent, mais en général ça permettait d'avoir une assez bonne idée de ce que racontait le texte ou l'audio. « How old », il connaissait ça depuis l'école primaire : « quel âge » ; « first » également, vu que ça revenait souvent lorsqu'il fallait trouver la date : « premier » ; et « short » était aussi un mot qu'il connaissait depuis longtemps, le contraire de « tall », pratique pour les descriptions de personnes ou personnages, bref : « premier court-métrage ». Autrement dit : « Quel âge Latimer avait-il lorsqu'il avait réalisé son premier court-métrage ? » Forcément très jeune.

Les biographies du génie de l'animation offraient des versions légèrement différentes. Dans *Latimer: The Man and the Myth* (*Latimer, l'homme et le mythe*), il était écrit que le réalisateur avait débuté dans la création à quinze ans, alors que dans *Pixel: A Never Ending Story* (*Pixel, une histoire sans fin*) l'auteur parlait de l'année 1983…, celle où Latimer avait fêté son quatorzième anniversaire.

Arthur avait choisi cette réponse et il avait vu juste !

C'est dingue quand on y pense, s'était dit le garçon. *Il avait un an de moins que moi et il filmait déjà des dessins image par image avec la caméra Super 8 mm de son père !*

Une semaine après avoir concouru, Arthur avait trouvé le message suivant dans sa boîte mail, en rentrant chez lui après les cours :

Dear Arthur, We are thrilled to announce that you are amongst the winners of our Edward Latimer competition. We will be sending you your plane tickets next week, and look forward to welcoming you to San Francisco from August 10th to 20th for an incredible ten days visit. Congratulations.

Et c'était signé Anna. Pas de nom de famille. Juste Anna. Cela lui rappelait le jour où leur professeur d'anglais, Mrs Page, leur avait parlé des Américains et de leur façon d'être dans les échanges professionnels ou protocolaires. Tout le monde s'appelle par son prénom, apparemment. Il était donc important de retenir celui de son interlocuteur car ce dernier oubliait rarement le vôtre.

Arthur identifia les mots importants. « Winners », « plane tickets », « San Francisco », « ten days », « visit » : il s'agissait sûrement de la visite des studios !! Pour le reste, c'était facile à deviner. Une fois la traduction de « winners » confirmée par son smartphone (« gagnants »), Arthur avait tout compris et tout de suite. Il était parmi les gagnants de la compétition. On allait lui envoyer la semaine suivante les billets d'avion à destination de San Francisco, pour un séjour de dix jours dans les studios Pixel.

L'aventure avec un grand A.

Il n'avait qu'un seul regret : Mathis ne ferait pas partie du voyage. Il avait juré à son ami de lui envoyer plein de photos mais, évidemment, ce n'était pas la même chose.

Les haut-parleurs de l'appareil crachotèrent et la voix du pilote acheva de ramener le jeune Français à la réalité :

« Ladies and Gentlemen, we are now beginning our final approach to San Francisco, the weather is windy and foggy as you can see and the temperature is sixty degrees Fahrenheit. »

Arthur regarda de nouveau à travers le hublot. Que du blanc. Un brouillard à couper au couteau : on n'apercevait même pas la mer ! C'était sans doute ce qu'avait dit le capitaine. « To begin our final approach to San Francisco » signifiait qu'ils étaient sur le point d'atterrir, normal, cela faisait déjà plus de onze heures qu'ils étaient en vol. Ensuite, il avait compris que le pilote avait parlé du temps qu'il faisait sur place, « weather » évoquant la météo et « Fahrenheit » la mesure de température utilisée aux États-Unis. Arthur ne se rappelait plus comment on convertissait les degrés Fahrenheit en degrés Celsius. Mais sa voisine, une vieille dame aux lunettes « flashy » et aux cheveux orange avec laquelle il avait un peu discuté durant le vol, se pencha à son oreille en parlant fort :

– Soixante degrés Fahrenheit, c'est pas très chaud, mon garçon, ça correspond à quinze degrés Celsius environ. Généralement, à cette période de l'année, il y a de la brume et du vent, cela dit, à San Francisco, on ne sait jamais. Le fameux brouillard, le « fog », peut nous tomber dessus n'importe quand. Il y a même des jours où l'on ne peut pas distinguer le Golden Gate ! Et d'autres jours où le ciel est d'un bleu immaculé. J'espère que tu auras l'occasion de voir ce pont en entier, parce qu'il est absolument magnifique.

À la douane, les officiers n'avaient pas l'air de rigoler, et les formalités prirent un temps fou. Les fonctionnaires questionnaient les gens un par un. Arthur avait un peu de mal à décrypter l'accent de celui qui lui parlait.

– What's the reason for your visit, young man?

La question n'était pas trop compliquée à comprendre, « reason » ressemblait au mot français « raison », et bien sûr « visit » à « visite ».

La raison de ma visite ?

C'était le moment de sortir la lettre des studios Pixel, celle qui confirmait qu'il avait gagné un concours en ligne. Mais l'officier, même après avoir lu le courrier, répéta la question. Visiblement, il attendait une réponse de la part d'Arthur. Autant traduire la question était plutôt facile, autant y répondre vite, dans un anglais limpide, était plus compliqué. Et puis, tous ces gens qui attendaient derrière lui, cela mettait une grosse pression à notre héros. Heureusement, Mrs Page avait fait une heure de cours spécialement conçue pour préparer ce voyage. L'occasion d'évoquer un vocabulaire spécifique et de parler des différences de prononciation entre l'anglais américain et l'anglais britannique.

Une petite lumière jaillit dans l'esprit du garçon. « Winner », il le savait, signifiait « gagnant », du verbe « to win ». Mais c'était un verbe irrégulier, qui au passé donnait « won ». Ils avaient aussi évoqué les termes utilisés dans les concours et les jeux. Arthur avait gagné un concours, « a contest ». Et sur Internet, « online ».

– I won a contest online, dit-il, assez fier de son essai pour se faire comprendre.

L'officier souleva un sourcil en examinant de nouveau le document. Bon signe ? Mauvais signe ? Difficile à dire.

– You won an online contest? reformula le gaillard en mettant l'adjectif à sa place, avant le nom. Okay, go ahead, grogna-t-il enfin en lui rendant son passeport, mais avec une moue fort peu sympathique.

Okay ? J'y vais, j'y vais pas ? se demanda Arthur. *Pourquoi l'hôtesse qui m'accompagne n'a-t-elle pas ouvert la bouche pour répondre à ma place ? C'est peut-être pas son rôle. Bizarre, quand même, comme accueil.*

Heureusement, à la sortie, une autre ambiance l'attendait. Une petite blonde aux cheveux courts, toute fine et débordant d'énergie, lui sauta dessus avec un énorme sourire plein de dents d'un blanc éclatant.

– Hello, you must be Arthur ! I'm Anna. Welcome to California ! We are so thrilled to welcome you to our studios. First of all, I'll drive you to your hotel. It's right in the center of San Francisco, you'll love it.

Hou là là, qu'elle parlait vite ! Arthur prit le temps de repasser les phrases dans sa tête, au ralenti :

Bon, d'abord, la jeune femme pense que je dois être Arthur et s'appelle donc Anna. Sûrement celle qui m'a envoyé le mail. Elle me souhaite la bienvenue en Californie et est ravie (« thrilled », leur avait appris Mrs Page, faisait partie des mots pour décrire un grand enthousiasme) de m'accueillir dans leurs studios. Tout d'abord, elle va m'emmener à mon hôtel dans le centre de San Francisco. Au son de sa voix, moi aussi j'ai déjà envie d'y être ! Mais si seulement elle pouvait parler un peu moins vite. Avec une quinzaine d'heures de voyage en tout, mes neurones fatiguent, faut être indulgent, là...

En guise de réponse, Arthur décida donc de sourire dès qu'Anna se tournait vers lui pour vérifier ses réactions.

– Mr Latimer has several rooms in the hotel here for our guests. You are lucky, you get the Black Crystal suite !

« Guests », c'était « invités », comprit Arthur en consultant son smartphone. Anna l'emmenait donc dans une chambre que M. Latimer louait de manière permanente pour les invités, et, cerise sur le gâteau, sa suite avait été baptisée Black Crystal, en hommage au plus gros succès des studios Pixel.

Black Crystal était une trilogie d'*heroic fantasy* mais, pour l'instant, seuls les deux premiers épisodes avaient été réalisés. Le premier,

The Gateway (*Le passage*, que les distributeurs français avaient approximativement traduit par *Le passage entre les mondes*), racontait comment Mark Finn, un étudiant banal, se trouvait projeté dans un univers médiéval fantastique, avec des monstres, des dragons et tout ça. Le nom Mark Finn provenait d'un mélange entre Mark Twain, le célèbre romancier, et Huckleberry Finn, l'un de ses personnages. Là encore, c'était une question du quiz à laquelle Arthur avait répondu avec justesse. L'histoire de *Black Crystal* se transformait rapidement en quête épique, Finn étant chargé par la reine de Sin Glass de trouver un cristal (noir, comme le titre de la saga l'indiquait), seul artefact capable de vaincre un ennemi mystérieux et casqué, surnommé the Liberator (le Libérateur)... Le deuxième opus, *The Underwater Kingdom* (littéralement, *Le Royaume sous les eaux*), était en cours de finition. Arthur ne savait rien dessus, ou presque, car chez Pixel on pratiquait une politique « zéro spoilers » intransigeante.

D'ailleurs, on lui avait fait signer une clause de confidentialité dès que les billets d'avion lui étaient parvenus.

Lorsque Anna inséra le passe dans la serrure et que la porte s'ouvrit sur une pièce aux dimensions gigantesques, Arthur eut l'impression que sa mâchoire inférieure allait se décrocher. La suite ressemblait à un décor de film : murs façon donjon, dalles imitation granit, grand lit à baldaquin... Une reproduction de Quicksilver (Vif-Argent), l'épée de Mark Finn, était accrochée au-dessus d'une statue grandeur nature de Katt, l'homme-chat, fidèle compagnon du héros. Dans le monde de *Black Crystal*, on appelait cette race les Feylids.

Anna rit devant les yeux écarquillés d'Arthur.

– Would you like to do a tour of the city now? Or would you prefer to stay here and rest?

Okay, rien de trop sorcier : « tour » suivi de « city » signifiait sans doute faire une visite (tour) de la ville. Pourquoi pas ? « Stay here », rester à l'hôtel. Donc « rest », ce n'était pas le verbe « rester » puisqu'on lui proposait l'un et l'autre. « Se reposer », sans doute ? La chose était tentante, mais Arthur avait lu sur un guide touristique que pour dompter le décalage horaire le mieux était de veiller le plus longtemps possible en arrivant. Et, s'il était ravi de faire un tour en ville, une question le taraudait au point qu'il réussit même à conjuguer un verbe au futur :

– But when will I go to the studios?

Bien sûr, la ville, c'était super, mais Arthur n'avait qu'une hâte : visiter les studios Pixel, qui se trouvaient à l'extérieur de San Francisco, quelque part au cœur du comté de Marin, en pleine campagne. D'ailleurs, l'endroit était surnommé le Mark Finn Ranch.

– Tomorrow morning, répondit Anna.

– Okay. Let's do a tour now, dit-il avec un sourire courageux.

Mrs Page aurait été fière de lui. Il s'était souvenu de la forme verbale qui était l'équivalent de l'impératif français, « let's » (« allons », pour les non-initiés), suivi de l'infinitif. *Demain matin, mon rêve se réalisera*, songea le garçon en inspirant profondément.

Il était loin de se douter que le rêve allait virer au cauchemar !

Chapter Two

VISITING THE CITY

Après avoir dit un petit bonjour aux phoques de Fisherman's Wharf, puis longé à vélo la Marina, le port et la plage de Crissy Field, Anna et Arthur s'arrêtèrent enfin devant le Golden Gate Bridge, dressé dans toute sa majesté. Ils avancèrent jusqu'au milieu du pont mythique, drapé pour l'heure d'un léger voile de nuages. En effet, chaque été, l'air chaud de l'intérieur de la baie et l'air froid en provenance de l'Alaska se rencontraient sur cette œuvre grandiose et l'enveloppaient d'un brouillard connu mondialement : le célèbre « fog » de San Francisco.

– Beautiful, isn't it? demanda Anna.

– Yes, it's beautiful, confirma le garçon.

Et hop, une photo de plus à envoyer à Mathis et à ses parents.

Anna désigna du doigt une toute petite île coincée dans la baie, entre le pont et la ville de San Francisco.

– That's the famous Alcatraz penitentiary!

– The what?

– The famous prison. Alcatraz.

Arthur pigea illico qu'il s'agissait de la très célèbre prison d'Alcatraz, transformée en musée depuis des années. Il eut une pensée pour tous ces prisonniers qui, jadis, avaient regardé l'infini de l'océan tout en restant coincés derrière les barreaux de leur cellule. Le grand bleu et la liberté à portée de main. Et pourtant inaccessibles ! C'était cruel.

– Are you hungry? questionna Anna.

Arthur mit un petit temps avant de répondre, mais, finalement, oui, il avait faim. L'air du large et l'exercice lui avaient ouvert l'appétit.

– Yes, I am, répondit-il avec un sourire.

– Perfect, I know a special place where you can eat the best hamburgers in the world. Let's go to the Embarcadero Ferry Building.

« Best hamburgers in the world », autant dire qu'Arthur comprit sur-le-champ ! Aller manger l'un des meilleurs hamburgers du monde ? Mais carrément !

Le Ferry Building se trouvait au bout de l'artère centrale, Market Street. C'était un énorme marché couvert avec des restaurants, terrasses et produits de belle qualité. Les gens venaient y manger, faire leurs courses, mais ils pouvaient aussi le traverser pour rejoindre le quai des ferries qui emmenaient leurs passagers dans les villes situées en face de San Francisco : Tiburon, Sausalito, Larkspur.

– Would you like to go on a boat tour? s'enquit Anna en montrant l'un des ferries par la baie vitrée du restaurant. If you're not too tired?

Encore un tour ? Et à bord d'un bateau ? C'était tentant. Arthur était curieux et plein de bonne volonté, mais le voyage et le décalage horaire avaient eu raison de lui. Comment dire ça ? Il opta pour la facilité et reprit la phrase d'Anna :

– I think I'm too tired, right now.

Sans compter qu'il avait le ventre lourd d'avoir dévoré un délicieux hamburger à deux étages !

– Okay, I'll take you back to the hotel, sourit la jeune femme.

Une fois de retour dans sa luxueuse suite, Arthur se laissa tomber dans un fauteuil qui ressemblait à un trône.

– I'll let you rest now, dit Anna. I'll be back tomorrow at 7 a.m., it will take us about an hour to get to the ranch.

Cette fois, il comprit presque tout de suite. Il commençait à s'habituer à l'accent et au débit rapide de sa guide. *Donc « tomorrow 7 a.m. » : demain à 7 heures du matin, car le ranch est à environ une heure de route d'ici*, traduisit-il.

Avant de prendre congé, Anna précisa :

– And don't worry, you are not alone in the hotel: there are some staff members staying on the same floor. If you need anything, just call room 209.

Arthur commença à paniquer, puis de nouveau se rappela qu'il suffisait de s'accrocher aux mots importants. « Don't worry », « ne t'inquiète pas ». « Not alone », « pas seul ». « Staff members », « membres du personnel ». En gros, il ne devait pas s'en faire ni se sentir seul parce que d'autres gens des studios Pixel dormaient aussi dans cet hôtel, au « same floor ». « Le même sol » ? Il consulta rapidement son smartphone. « Floor », « sol, étage ». Oui, c'était logique. Au même étage, quoi. C'était bon à savoir au cas où.

Arthur s'allongea de tout son long sur l'énorme couette qui recouvrait le lit « king size ». Toute cette place pour lui seul. ROYAL !

Le garçon s'endormit tout de suite mais se réveilla au milieu de la nuit. Impossible de retrouver les bras de Morphée. Fichu décalage horaire ! Et puis il y avait l'excitation, qui n'arrangeait rien. Arthur avait conscience d'être un sacré veinard. Très peu de personnes extérieures au studio avaient accès au Mark Finn Ranch. Les gens de chez Pixel redoutaient par-dessus tout que la concurrence ne leur pique des idées. Il est vrai que leur succès avait de quoi faire tourner la tête : l'épisode un de la saga *Black Crystal* était classé à la deuxième place du box-office mondial, juste derrière *Avatar* de James Cameron ! Il y avait fort à parier que l'épisode deux allait cartonner, lui aussi.

Après avoir prévenu ses parents que tout allait bien, avec en pièce jointe une photo prise du quai des ferries, Arthur envoya un SMS à Mathis. En France, il était neuf heures de plus.

Yo. J'arrive pas à dormir.

Eh, je vais pas te plaindre, quand même. ☺ T'as vu les studios ?

Pas encore. Demain.

N'oublie pas de parler de notre projet à Latimer !

Yep.

Arthur et Mathis avaient écrit une BD à quatre mains, une histoire de voyage dans le temps intitulée *Muséopolis*. Dans leurs rêves les plus fous, Latimer flashait sur leur BD et décidait de l'adapter sur grand écran, avec tout le savoir-faire de son studio.

Bon, le hic, c'est qu'il ne parle pas français, donc je vais devoir lui résumer l'histoire moi-même en anglais, se dit Arthur.

C'était pas gagné.

Il se rendormit vers 5 heures du matin, heure locale.

Deux heures plus tard, on frappa à sa porte. C'était Anna, déjà toute pimpante et apprêtée, qui l'attendait pour le petit déj' !

Une fois qu'Arthur eut pris sa douche et englouti les pancakes au sirop d'érable, le jeune

Français et sa guide embarquèrent à l'arrière d'une somptueuse limousine de location.

– Waaah, la classe, ne put s'empêcher de lâcher l'adolescent.

– We'll be there in about fifty minutes, if the traffic is okay. In the meantime you can enjoy the Marin County scenery or watch a movie on the screen here. If you need anything to drink, just help yourself in the fridge, précisa la jeune femme avant de plonger son nez dans son iPad.

Tout en tentant de comprendre, Arthur observait l'intérieur de la limo. « About fifty minutes », première information : il leur faudrait à peu près cinquante minutes pour arriver au ranch. Cinquante minutes si la circulation (« traffic ») était fluide. En même temps, quand on voyage dans de telles conditions, on peut être un tantinet patient. En attendant, il pouvait « profiter » (« enjoy ») du « scenery », à savoir le « paysage ». Il poursuivit son décodage silencieux. « Screen », l'« écran », et « help yourself », « se servir », merci traducteur électronique. « Fridge », il le savait, était l'anglais pour « frigo ».

Arthur était médusé. « Marin County scenery ». Ils traverseraient donc le comté de Marin, situé au nord du Golden Gate Bridge, il avait vu ça sur Google Maps avant de prendre l'avion. Arthur aurait bien été tenté par le « screen », qui proposait tout un tas de films (« movies »), mais il ne voulait pas louper une miette de ce qu'il se passait à l'extérieur. En revanche, un petit soda « in the fridge » : yes, please, avec grand plaisir. Il ouvrit donc le petit réfrigérateur face à lui et y plongea la main pour en sortir une boisson vitaminée pétillante.

Très vite, l'ébullition de San Francisco ne fut plus qu'un souvenir. Le comté de Marin était vert et vallonné, ponctué çà et là de buissons d'aulnes ou de séquoias.

La limousine sortit de l'autoroute pour s'engager sur une voie secondaire, puis une autre. Le décor était de plus en plus sauvage... jusqu'à ce que le véhicule parvienne à une grille massive encadrée de murs en vieilles briques. Un vigile moustachu, habillé en bleu, sortit d'une guérite. Son visage à l'expression sévère s'adoucit lorsqu'il reconnut Anna.

– Morning, miss Gardner. Good to see you.

– Hi, Gene.

– Is this the young Frenchie we were expecting? s'enquit le garde en se penchant pour jeter un œil à l'intérieur de la limo, tandis qu'Arthur traduisait dans sa tête « morning », « matin », qu'il fallait sans doute ici comprendre comme « good morning », « bonjour », quoi !

– Yes, this is Arthur.

Young Frenchie : oui c'est sûr, c'est bien moi, pensa Arthur dans un sourire. Il montra le badge « guest » ou « invité » qu'Anna lui avait remis le matin même.

– Bienvenue à Pixel, lança le vigile dans un français hésitant, mais avec son accent ça donnait quelque chose comme « Biene vénoue é Pixel ».

Arthur se sentit rassuré. Il n'était pas le seul à avoir du mal avec les langues étrangères !

– Thank you, répondit-il.

Le garde retourna à son poste, appuya sur un bouton, et la grande grille s'ouvrit avec une lenteur digne d'un cérémonial.

La limousine s'engagea sur un chemin gravillonné qui serpentait au milieu d'un bois peuplé de séquoias et de sapins. Les pommes de pin craquaient sous les roues du véhicule. Les rayons du soleil avaient du mal à se frayer un passage entre les branches des grands arbres et les dernières écharpes de la brume matinale.

Soudain, le chauffeur donna un coup de frein.

Deux silhouettes venaient de jaillir en travers du chemin, juste devant le véhicule. Deux hommes armés !

Arthur se raidit sur son siège. Le premier inconnu avait l'air poursuivi par le second. Celui-ci cria :

– Stop or I'll shoot !

Arthur avait vu suffisamment de films d'action américains pour savoir que cela signifiait : « Arrête-toi ou je tire. » Qui étaient ces deux hommes ? Un terroriste et un flic ?

Loin de ralentir sa course, le fugitif mit le turbo. Il allait disparaître dans les fourrés lorsque son poursuivant ouvrit le feu. Arthur entendit « Clac ! Clac ! », puis il vit le type pris pour cible tournoyer sur lui-même en trébuchant.

Un cri se bloqua dans la gorge du garçon. C'était la première fois qu'un homme mourait sous ses yeux !

Chapter Three

THE DREAM FACTORY

– Vous avez vu ça ? articula Arthur, sidéré. Non mais vous avez vu ça ?!

Contre toute attente, sa guide affichait une mine blasée. Le chauffeur non plus n'avait pas l'air très impressionné.

– Childish, soupira Anna.

« Childish » ? Arthur ne comprenait plus rien. « Childish », ça devait venir de « child », donc « enfant » ? C'était quoi le rapport ? On parlait de meurtre, là !

À sa grande stupéfaction, l'homme qui avait été tué se releva. Son adversaire rigolait.

– Got you, lâcha-t-il.

« Je t'ai eu. » Sauf que, prononcé à toute vitesse, cela donnait plutôt « Gatcha » !

Le garçon remarqua alors que le buste de la victime n'était pas taché de sang, mais plutôt d'un liquide poisseux qui ressemblait à de la peinture verte.

– Du paintball ? interrogea Arthur.

– Absolutely, confirma Anna en levant les yeux au ciel. The staff here love to play that kind of game. They need something to take their minds off their computers, I guess.

À force d'entendre le mot « staff », Arthur avait fini par mémoriser qu'il désignait le « personnel ». D'autant plus qu'il avait souvent vu ces fameux tee-shirts imprimés *Staff* dans les concerts, et les gars de la technique qui les portaient le faisaient généralement avec une certaine fierté. Et puis il avait identifié les mots « play » et « game » parce que Mrs Page demandait souvent : « Would you like to play a game? » pour les stimuler un peu en cours.

Donc le personnel jouait à des jeux ?! Quant à « minds off their computers » ? « Off », « coupé » ou « à l'extérieur de ». En l'occurrence, là, « hors de leurs ordinateurs ». Les membres du staff avaient besoin d'une coupure, autrement dit de se sortir l'esprit, la tête de leurs ordinateurs. Ouais, ça pouvait se comprendre. Arthur avait vu des reportages sur les grosses boîtes américaines où les employés jouaient au ping-pong ou au baby-foot pendant leur pause. Le paintball, cependant, c'était une première.

Malgré sa surprise, le garçon hocha la tête, soulagé.

Les deux joueurs s'envoyaient des vannes en se donnant des tapes sur l'épaule. La voiture redémarra. Une fois sortie de la petite forêt de séquoias, elle serpenta entre les collines disséminées dans la propriété. Des daims et des biches gambadaient en liberté, insoucieux des activités humaines.

– C'est magnifique, dit Arthur, sincère. Euh... I mean, it's beautiful !

Il avait entendu Anna utiliser ce terme plusieurs fois depuis son arrivée.

Il n'était pas au bout de ses surprises, car ce décor n'était qu'un simple écrin destiné à abriter le joyau du domaine : le célèbre Mark Finn Ranch, doté de ses trois corps de bâtiments à deux étages chacun, le tout étalé sur 40 000 mètres carrés !

– Waow !

Les bâtiments ressemblaient à de luxueuses habitations victoriennes avec quelques touches d'Art nouveau, comme ces encadrements en forme d'arabesques florales. Les constructeurs avaient favorisé le bois et la pierre. Un promeneur candide aurait été incapable de suspecter que des installations à la pointe de la technologie se trouvaient derrière ces murs percés d'une multitude de fenêtres à meneaux.

La voiture s'arrêta devant l'entrée principale. Anna remercia le chauffeur, puis elle sortit du véhicule, suivie d'Arthur, dont le cœur battait vite et fort. Pensez donc : il attendait ce moment depuis des mois !

Le duo gravit les marches du perron et entra dans le hall d'accueil. L'intérieur était nettement plus moderne que l'extérieur. Partout, du métal ou des surfaces vitrées, réfléchissantes. On se serait presque cru dans un vaisseau spatial.

Arthur sur ses talons, Anna s'avança jusqu'à la réception, un guichet niché entre deux escaliers qui menaient aux étages.

– Morning, Anna, good to see you. How are you? demanda la charmante hôtesse d'accueil, une grande rousse aux yeux gris.

L'incontournable « Comment ça va ? », agrémenté de sourires épanouis et d'une accolade à l'américaine, le fameux « hug » ; apparemment, les deux femmes se connaissaient bien. En même temps, ça ne voulait pas dire grand-chose. Les Américains avaient l'air nettement plus chaleureux que les Français, d'une manière générale. Ici, le côté « tout le monde il est beau, tout le monde il est gentil » semblait être la norme... enfin, si l'on exceptait les fonctionnaires de la douane !

Anna répondit :

– I'm fine, thanks, Tina. Let me introduce you to Arthur, our contest winner. Arthur, this is Tina. Our young guest has an appointment with Edward.

Le garçon se redressa, tout fier. S'il avait bien compris, Anna le présentait et disait qu'il avait rendez-vous (« appointment ») avec le big boss.

La réceptionniste (Tina, donc) pianota sur l'écran tactile inséré dans son meuble, tourna quelques pages virtuelles puis hocha la tête :

– I'll let Ed know you're here.

« Je vais prévenir Ed... » Arthur pensa : *Ça aussi, c'est bien américain : elle appelle le patron par son diminutif ; on ne verrait pas ça en France...*

Il se rappelait un documentaire consacré à Walt Disney dans lequel on racontait que le créateur de Mickey insistait pour que tous ses collaborateurs l'appellent Walt ! À première vue, Latimer ne dérogeait pas à la règle.

Une demi-douzaine de tonalités plus tard, la jeune femme grimaça :

– No answer. That's weird. A security guard told me that he was in his office. Apparently, he came to work in the middle of the night. Well, I guess you'll have to wait.

« Weird », ça voulait dire « bizarre, étrange », comme dans la série *Weird Tales*, *Les contes de l'étrange*. Un vigile (« security guard ») avait affirmé qu'Edward était venu en pleine nuit (« in the middle of the night ») pour travailler (« to work »). Cette information n'étonna guère Arthur. Dans la biographie *Latimer: The Man and the Myth*, il était écrit que, lorsque l'inspiration le cueillait, le P-DG de Pixel déboulait dans son bureau, à n'importe quelle heure du jour ou de la nuit. Il avait réuni dans cet antre toutes ses figurines, ses récompenses, ainsi que les souvenirs de ses débuts dans le métier. Apparemment, il avait besoin de cet environnement pour créer.

Le plus célèbre de ses grigris était un « carnet magique » (« magic notebook »), auquel un chapitre entier de la biographie était consacré. En fait, il s'agissait d'un simple agenda qui datait de la période où Latimer était encore étudiant à UCLA (University of California Los Angeles). La future star de l'animation avait écrit l'embryon de ce qui allait devenir la saga *Black Crystal* dans ce carnet. Aussi superstitieux que fétichiste, Latimer avait conservé l'objet, comme si celui-ci était doté de pouvoirs surnaturels. Arthur avait lu une interview où Latimer affirmait que ce banal cahier était une sorte de Midas : il transformait ses mots en or.

La réceptionniste passa un coup de fil à Nelly Olson, la secrétaire particulière de Latimer. Nelly confirma que le patron était enfermé dans son bureau avec la pancarte *Do not disturb* (« Ne pas déranger ») affichée sur la porte. Le message était clair. Arthur avait lu dans *Pixel: A Never Ending Story* que, lorsqu'il entrait dans l'un de ses fameux « creative processes » (« processus créatifs »), Latimer détestait être interrompu et pouvait se mettre dans des colères noires si quelqu'un contrevenait à l'avertissement.

– Well, I'll take you on a tour of the studio then and we'll come back later. Is that okay with you, Arthur? demanda Anna.

Visiter les locaux et revenir plus tard, mais oui, plutôt deux fois qu'une !

– That sounds fantastic, Anna ! affirma Arthur qui se souvenait d'avoir entendu en classe cette formule censée véhiculer l'enthousiasme.

Mrs Page aimait d'ailleurs beaucoup que l'on réponde ainsi à sa question : « Would you like to play a game? »

Le garçon et sa guide traversèrent un somptueux solarium avant d'entrer dans la cafétéria, où quelques employés prenaient leur première pause de la journée en grignotant des doughnuts. La moyenne d'âge avait l'air assez jeune (trente ans maxi) et la tenue de travail réglementaire se résumait à short + chemise hawaïenne (avec les inévitables cocotiers et singes rieurs). Latimer lui-même était réputé pour ses chemises extravagantes : il avait donné le ton à ses équipes en matière de look vestimentaire. Les hommes étaient barbus ou mal rasés. Les femmes portaient des jeans déchirés et des tee-shirts moulants. Là encore, c'était plus relax qu'en France.

La salle dite « creative common room » ressemblait à une ruche bourdonnante. Des dessins allant du brouillon à la fresque en couleur s'étalaient sur tous les murs. Arthur connaissait certains des décors ou des personnages affichés : ici, une escadrille de « bips », des volatiles jaunes et rigolos ; là-bas, un croquis représentant Trevis, l'homme à la crête, fidèle lieutenant de Mark Finn. Chaque illustration était tamponnée d'un sceau *confidential*.

Après la ruche des créatifs, le duo explora une salle de postproduction dernier cri, où des ingénieurs du son s'affairaient tels les techniciens de Cap Canaveral penchés sur leurs consoles.

Anna expliqua qu'ils étaient en train de mixer l'épisode deux, qui allait bientôt sortir dans des milliers de salles à travers le monde. Arthur aperçut un extrait où Mark Finn et ses compagnons traversaient un marécage, montés sur des espèces d'hippocampes à deux pattes ! Ça avait l'air trop génial !

La visite se termina par la salle de projection privée où, chaque jour, les équipes de production visionnaient les rushes du film en cours de réalisation. Fauteuils de velours carmin. Écran géant. Son THX. Latimer n'avait pas regardé à la dépense.

Anna jeta un coup d'œil à sa montre. On arrivait déjà à la fin de la matinée.

– Okay, let's try again and see if Ed is ready to see you.

À ces mots, Arthur ne put s'empêcher de ressentir un tressaillement dans la poitrine. Il était sur le point de voir Latimer en personne.

Ils montèrent au premier étage par un escalier de service. Ce dernier menait à un *open space* où travaillaient les responsables du « licensing », c'est-à-dire les gens chargés d'autoriser (ou pas) la création de produits dérivés, comme l'expliqua Anna :

– This is where we deal with our licensing for all the merchandising products. For example, if you find a Pixel toy the next time you eat at McNodal's in France, you'll know it originally got a green light from here.

« Deal », « faire un deal », passer un marché, quoi. « Merchandising », ça ressemblait à « marchandise ». Donc c'était ici qu'on concluait des marchés avec des entreprises désireuses de transformer les idées et les personnages de chez Pixel en produits, en marchandises. Anna avait pris l'exemple de ces jouets qu'on trouve dans les menus pour enfants des fast-foods. Tout partait d'ici, recevait l'approbation de l'équipe ou le « feu vert », comme disait Anna.

Arthur ouvrit de grands yeux, fasciné par la profusion de gadgets, posters, mugs et affiches qui se déployaient devant lui. Il s'arrêta devant une maquette du Sinalta, le navire du pirate Itmar Roktès, grand méchant du premier film. Tous les détails étaient là. Chaque personnage important de la saga avait sa propre figurine. Celle de Mark Finn était déclinée en plusieurs tenues différentes : simple étudiant, soldat de Sin Glass, pirate, garde du Royaume de l'Eau, etc.

Un gros homme d'allure débonnaire montra une figurine collector à Arthur. Il s'agissait de Katt, l'homme-chat, en tenue des « Terres Immergées ».

– Do you like it? demanda le gros nounours.

Un peu qu'il l'aimait !

– Oh, yes, it's fantastic ! répondit Arthur, enthousiaste.

L'homme lui donna la figurine avec un grand sourire :

– Take it, it's a present.

Un cadeau ?

– Oh, thank you ! remercia le garcon. Thank you so much !

Anna l'emmena ensuite dans un couloir aussi long que silencieux. Après l'ébullition des bureaux précédents, cela faisait un drôle d'effet. Même les pas des baskets d'Arthur étaient amortis par la moquette ultramoelleuse.

Anna et Arthur arrivèrent alors dans une sorte de sas, une pièce où travaillait une jeune femme visiblement très occupée. C'était Nelly, l'assistante de Latimer. Quand Anna et son invité entrèrent, elle leur fit le signe « chut ». Elle avait l'air presque paniquée. Latimer était-il encore en train de faire chauffer son cerveau ? Arthur n'était plus certain de vouloir rencontrer quelqu'un qui terrorisait ses collaborateurs à ce point.

– Does he usually stay alone in his office for so long? demanda Anna à Nelly.

Apparemment, cette question – qui revenait à demander si le boss avait l'habitude de (« does he usually ») s'isoler (« stay alone ») aussi longtemps – semblait poser problème à Nelly. Celle-ci secoua la tête timidement.

– I'm ready to take the risk if you let me, said Anna. You never know, maybe he doesn't feel well. Have you spoken to him on the phone this morning?

Anna était donc prête à courir le risque de déranger Edward, en s'imaginant, on ne savait jamais, qu'il pouvait être malade.

En réponse à la dernière question, Nelly fit encore « non » de la tête.

Arthur se dit qu'Anna avait raison : si la secrétaire n'avait pas eu de contact avec Latimer depuis la veille, comment savoir s'il n'avait pas été victime d'un malaise, seul dans son bureau ? Après tout, c'était un homme fort occupé, probablement surmené, et, sur les photos les plus récentes, son embonpoint faisait de lui un candidat très crédible à un éventuel infarctus. L'oncle d'Arthur (un homme d'affaires stressé, habitué à manger aux tables des meilleurs restaurants) avait eu un problème cardiaque de ce type, l'année précédente.

Anna semblait prête à prendre sur elle les foudres du grand manitou si jamais ses craintes n'étaient pas fondées.

– Okay, go ahead, said Nelly en montrant la porte du fond, celle décorée du petit panneau d'avertissement.

Anna l'ouvrit et disparut dans l'antre de la création, laissant Arthur et Nelly derrière elle. Tous deux se regardaient, dubitatifs, quand ils entendirent un cri strident en provenance du bureau de Latimer. Un hurlement de terreur.

Chapter Four

THE NIGHTMARE BEGINS

Cette fois, l'atmosphère féerique du ranch avait totalement disparu.

Arthur était hébété. Assis sur l'une des chaises du bureau de la secrétaire, il attendait son tour. Le shérif et ses assistants lui avaient demandé de rester bien sagement dans cette pièce (« stay put in this room ») afin de recueillir son témoignage plus tard. À l'extérieur du bâtiment, les sirènes avaient remplacé le gazouillis des oiseaux, et les auxiliaires de police qui inspectaient les lieux portaient de vraies armes à la ceinture, et non des accessoires de paintball.

Arthur se prit la tête entre les mains. Lui qui croyait atterrir dans le royaume de la science-fiction et de la *fantasy*, voilà qu'il se retrouvait soudain projeté en plein thriller.

De terribles images défilaient en boucle dans sa tête.

Quand il était entré dans le bureau du boss à la suite d'Anna, il avait découvert, horrifié, le corps du maître des lieux, avachi dans son fauteuil de travail, un poignard planté au beau milieu de la poitrine. L'arme enfoncée jusqu'à la garde avait un rapport avec le monde créé par Latimer. Il s'agissait d'un « Loraksor dagger », si l'on en jugeait par les dragons sculptés sur le manche. Les Loraksors étaient des chevaliers très vertueux, à mi-chemin entre le samouraï et le Jedi. Frappés de déshonneur, ils pouvaient aller jusqu'à se suicider. En voyant ce spectacle, Nelly s'était évanouie. Anna avait tout de suite appelé les secours mais, bien évidemment, il était trop tard pour sauver le créateur de *Black Crystal* !

Sur le bureau de ce dernier, on pouvait distinguer six lettres écrites avec du sang :

M E N D I E

S'agissait-il d'un prénom qui aurait désigné un éventuel coupable ? Peu probable... Le prénom féminin s'écrivait « Mandy » et non « Mendie »... Un nom de famille, alors ? Mais ça ne disait rien à Arthur. Il ne cessait de ressasser ces fichues lettres, persuadé qu'il y avait un message caché là-dedans. Il envoya un texto à Mathis pour lui expliquer la situation. Tant pis s'il faisait déjà nuit, en France. Arthur n'arrivait pas à garder tout ça pour lui. Il fallait que ça sorte, qu'il se confie à quelqu'un !

Tu peux faire des recherches pour moi ? demanda-t-il dans le premier SMS.

Puis, après une pause :

Le mot MENDIE, ça t'évoque quelque chose ?

Pas de réponse immédiate. Mathis était-il déjà couché ?

Et s'il s'agissait de deux mots, en fait ? réfléchit Arthur.

Men die ?

« Les hommes meurent » ?

C'était le début d'une inscription gravée sur le fronton du temple des chevaliers Loraksors : *Men die, bravery remains*, ou quelque chose d'approchant, autrement dit : *Les hommes meurent, le courage reste.*

Latimer se serait-il identifié à ses personnages de fiction au point de se suicider de la même façon qu'eux ? Et pour quel motif aurait-il mis fin à ses jours ? Il avait du succès, de l'argent, un nouveau film sur le point de sortir ! Ça paraissait aberrant...

– You can't use your cell phone here, young man !

Le shérif, un homme imposant, chauve, avec des lunettes de soleil calées sur le front, venait de sortir de la scène de crime. Son ton ne laissait aucune place à la discussion.

– I'm sorry, balbutia Arthur.

Gloups.

– Do that again, I'll have to take it from you and keep it as evidence. You are a suspect, you know that?

Arthur se concentra sur la dernière phrase. *Moi, un suspect !?*

Il blêmit.

Le shérif s'assit à son côté, plus amical.

– So you're French?

– Yes.

– And the very day you come to see Latimer for the first time, he gets killed? What a coincidence, don't you think? Are you really the young teenager you pretend to be?

Qu'est-ce qu'il raconte, là ? Je comprends rien. Il pense que j'ai quelque chose à voir avec ce crime ?!

– Let me see your phone. I need to know who you were texting.

Gloups encore ! Le shérif voulait savoir à qui il envoyait ses SMS.

L'homme saisit l'appareil sans attendre la réponse d'Arthur. Il lut le texto en français, avec un accent à couper au *Bowie knife*, et hurla après quelqu'un resté dans la pièce d'à côté :

– Gus ! Come here !

Grand, plutôt avenant, les pouces dans la ceinture, Gus essayait de faire sérieux mais il paraissait bien jeune. Un « rookie », comme on disait là-bas. Une recrue, quoi. Il prit connaissance du SMS, parla très vite en anglais au shérif, puis, s'adressant dans un français très approximatif à Arthur qui l'observait avec inquiétude :

– Mathis est quâ ? Toi non droit text. Felony. Crime. Impossible fare declaration Mathis.

Dans d'autres circonstances, Arthur aurait bien eu envie de rire, mais pas là, vraiment pas. Ce fameux Gus avait dû se prévaloir de parler français auprès de son chef, mais devant un tel accent et tant de fautes, notre héros dut se rendre à l'évidence : il n'allait pas pouvoir compter sur cet homme pour jouer les traducteurs. Autant essayer de se faire comprendre en anglais puisque son français serait de toute évidence très approximativement retranscrit.

Bien que tremblant de tous ses membres, Arthur tenta de se lancer dans des explications. D'abord, dire que Mathis était son ami, puis expliquer pourquoi il avait besoin de ses lumières, pour tenter de faire avancer l'enquête :

– Mathis is my friend. I won a contest. We participate... – *pense au passé, Arthur, bon sang*. We participated in the contest together, but he didn't win. He is in France. We are fans of Mr Latimer. For a long time, ajouta-t-il en se rappelant comment parler d'une période encore en cours.

– Fans ! s'exclama le shérif. You are a real danger to celebrities ! Fans can also become killers !

A « real danger », un « vrai danger » ? Pour les célébrités ?

Oui, enfin, il ne faut pas exagérer non plus. Ce n'est pas parce que je suis fan d'une célébrité que je suis un meurtrier, songea Arthur.

Cela ne l'empêchait pas d'être rouge tomate.

Il fallait cependant convaincre à tout prix le shérif qui n'était vraiment pas commode.

– No, no, you don't understand ! I mean we really like Latimer and we know a lot about him. Maybe we can help you.

Arthur leur montra son message à Mathis en relisant chaque mot.

– Here, I ask him do researches.

– Research? But we are the cops here ! Who do you think you are?

– Wait, please. We know very well Mr Latimer's universe. I asked Mathis if he knows something about MENDIE.

– And?

– I'm still waiting for his réponse, heu... answer.

Sa tremblote et son cœur qui battait la chamade n'aidaient guère Arthur à se concentrer, mais, jusqu'à présent, il se faisait comprendre correctement, même s'il sentait que le shérif commençait à perdre patience.

Le garçon s'empressa de faire des recherches sur Internet sous le regard perplexe du shérif. Gus était quant à lui reparti vaquer à ses occupations.

– Look: *Men die, bravery remains*! s'exclama Arthur en lisant la devise qui était mentionnée sur le site officiel de *Black Crystal*.

– So?

– Men die, it's in Latimer's first movie.

– Well, that doesn't mean anything, son. I've lost my time enough with you and...

Sympa, il a assez perdu son temps avec moi!

Nelly, la secrétaire, fit alors irruption dans la pièce. Elle sortait du bureau de son patron. Elle s'adressa immédiatement au shérif:

– His notebook's disappeared! she said.

– A notebook? What notebook?

– The one he uses to write down all his new ideas in. He always keeps it with him.

Arthur déglutit. Un « notebook », c'était un « book » avec des « notes », easy. Apparemment, le « carnet magique » du patron, le légendaire agenda dans lequel il notait toutes ses idées, avait disparu. L'hypothèse du suicide devenait de moins en moins probable...

Tout le monde s'écarta pour laisser passer les hommes de la police scientifique, avec leur matériel perfectionné.

Avant de leur emboîter le pas, le shérif se leva de sa chaise et dit à Arthur :

– I'm not done with you, kid.

« Done » ? Mrs Page demandait souvent à sa classe : « Are you done ? Have you finished ? » pour savoir si les élèves avaient terminé leur travail. Donc, logiquement : « Je n'en ai pas fini avec toi, gamin. »

Charmant...

Chapter Five

A STRANGE CONVERSATION

Une fois le corps du patron évacué dans une housse par des ambulanciers, une réunion de crise fut improvisée au premier étage du ranch.

– You can't stay here, Anna said to Arthur with a sad and sorry smile. Wait for me in the merchandising area.

Le garçon hocha la tête. Il comprenait bien que les dirigeants de Pixel n'avaient pas forcément envie de discuter de la situation en compagnie d'un jeune étranger en visite touristique. Anna, en revanche, se devait d'assister à la réunion. En tant que responsable des relations publiques, elle allait être chargée d'élaborer une stratégie de communication pour que l'image de l'entreprise soit le moins possible ébranlée par la disparition de Latimer. Pixel était cotée en Bourse, après tout.

La jeune femme avait parlé de « merchandising area », aussi Arthur en avait déduit qu'on lui demandait d'attendre dans l'*open space* où il avait fait halte un peu plus tôt. En temps normal, il aurait été ravi de passer quelques heures de plus au milieu de cette véritable caverne d'Ali Baba, mais, là, le cœur n'y était pas.

Évidemment, tous les employés du bureau étaient sous le choc. Les gens n'arrivaient pas à travailler et les conversations allaient bon train. Arthur essaya de se glisser dans l'une d'elles :

– Did Mr Latimer have any enemies? demanda-t-il au gros barbu qui lui avait fait cadeau d'une figurine.

The fat bearded man shrugged his shoulders:

– No more than any successful business-man...

« Business », « les affaires ». « Success », c'était évidemment le « succès ». « Full » voulait dire « plein »... « Plein de succès », donc. Latimer n'avait pas plus d'ennemis que n'importe quel homme d'affaires ayant réussi dans son domaine.

Arthur se mordit la langue.

– Does he have...?

Ah, zut... Comment disait-on « procès », en anglais, déjà ? Pas facile de mimer ce fichu mot. Arthur fit semblant de donner un coup de maillet, pareil à un juge, mais son interlocuteur le regarda bizarrement.

Heu, si j'essayais « problems with the justice » ? Non, un peu vague... Ah, ça y est, la loi, c'est law (« law and order », la loi et l'ordre), donc je peux tenter...

– Does he have problems with the law?

– Not recently, answered the bearded man. A few people accused him of plagiarism when his first movie was released, but nothing was ever proved...

« Plagiarism », c'était très proche de « plagiat ». Arthur se rappelait en effet que Latimer avait été accusé de plagiat, quelques années plus tôt, par deux ou trois personnes, quand le premier film de la trilogie était sorti. Mais la justice n'avait donné suite à aucune de ces plaintes. En fait, ce genre d'affaire était monnaie courante dès qu'une série de films ou de livres rencontrait un succès planétaire. J. K. Rowlings, la créatrice de *Harry Potter*, et George Lucas, le réalisateur de *Star Wars*, avaient connu le même type de mésaventures. Un jour, un fou s'était rendu dans les bureaux de la société Lucasfilm armé d'un couteau, en réclamant de voir le patron pour qu'il lui « rende les idées qu'il lui avait volées ». Cet homme prétendait également qu'il avait garé son vaisseau, le Faucon Millénaire, sur le parking en bas de l'immeuble. Tout un programme !

The fat bearded man Arthur was becoming friends with was called Tony. He invited the young Frenchie to have something to eat in the cafeteria with some other members of staff. Notre héros accepta, même s'il avait l'appétit un peu coupé.

Durant le repas, chacun y alla de son anecdote liée au patron décédé :

– He was so funny, with his crazy colored shirts, smiled a collaborator.

Arthur savait que Latimer collectionnait les chemises fantaisie. Il avait lu dans sa biographie qu'il en possédait plusieurs centaines.

– He could draw faster than his shadow.

Là, le jeune homme eut besoin d'aide pour comprendre. Tony mima quelqu'un en train de dessiner. « To draw », « dessiner ». « Faster », Arthur connaissait, « plus vite ». Puis Tony montra son ombre. Latimer pouvait dessiner plus vite que son ombre ? Oui, ça semblait logique pour un homme aussi productif que le patron de Pixel. Mais, à en croire le personnel en deuil, le big boss n'avait pas que des qualités.

– He was angry most of the time, said a man. (Il avait faim ? Non, « faim » c'était « hungry », presque le même son mais pas tout à fait. « Angry » comme dans *Angry Birds*, « en colère ».) And he monitored every penny spent, from coffee filters to toilet paper...

La colère... ça aussi, c'était un aspect de la personnalité de Latimer bien connu de tous. Mais « monitored » ? Comme « monitoring », « surveiller » ! Le boss surveillait chaque penny utilisé, pour des dépenses aussi dérisoires que les filtres à café ou le papier toilette ? Hum, pas très reluisante, cette facette de sa personnalité...

Arthur retourna au premier étage vers 15 heures. La réunion d'urgence n'était toujours pas terminée, et ça avait l'air de chauffer drôlement, si l'on en jugeait par les éclats de voix qui filtraient à travers la porte close :

– We've got to find that notebook ! somebody shouted.

Il fallait retrouver le carnet...

Tu m'étonnes, songea Arthur. *Maintenant que Latimer n'est plus là, il doit valoir de l'or, cet agenda...*

Nelly, la secrétaire, jouait les sentinelles à l'entrée du bureau. Sa peau avait recouvré des couleurs mais ses yeux étaient ceux d'un zombie.

– Do you know when the meeting will be over? Arthur asked.

Nelly secoua la tête.

– No, sorry, kid.

Le garçon soupira. Il décida d'aller squatter encore une fois dans l'*open space* avec Tony. Chemin faisant, il passa devant les W-C (« restroom ») et, pris d'une envie pressante, il entra dans les toilettes réservées aux hommes. Un lavabo, un sèche-mains, un miroir... Pas d'urinoir. Le loquet de l'unique porte au fond de la pièce était sur la position rouge, c'est-à-dire « occupé ».

Arthur n'avait pas l'intention d'espionner quiconque, mais il entendit une voix masculine qui marmonnait :

– Yes, the police are gone... I don't think they have any clues... No, no, they didn't ask me anything.

L'homme évoquait la police... « Clue », comme dans « Cluedo », le jeu d'énigmes à la Agatha Christie auquel ils avaient joué en cours d'anglais. Cela signifiait « indice ». La police n'avait pas d'indices, d'après l'inconnu. Il parlait avec une voix de conspirateur :

– Of course, I'm not stupid... I'll keep you posted...

« Stupid », c'était facile. « Posted », en revanche... Un rapport avec la poste ? Non, enfin pas directement... « Tenir posté » ? Ça voulait dire quoi ? Et si le sens de cette phrase se rapprochait davantage des « posts » sur les réseaux sociaux : se tenir au courant, donc ? Oui, c'était sans doute cela : il tiendrait son interlocuteur informé !

L'homme tira la chasse et ouvrit la porte. Il avait la quarantaine bien sonnée, un menton fort et des cheveux bouclés. Dès qu'il vit Arthur, il se figea, méfiant.

– Who are you? he asked, putting his phone in his pocket.

– Euh... my name is Arthur, murmured the boy. I'm French. I won the...

– Oh, I see.

L'expression de l'homme s'adoucit à peine.

– You arrived on a very special day, didn't you? he asked, tout en se lavant les mains au lavabo.

– Euh... yes indeed...

– It's terrible. What happened to the boss...

Arthur approuva d'un hochement de tête timide ; il ne savait pas trop quoi dire. C'était en effet terrible, ce qui était arrivé au patron. L'homme déclencha la soufflerie du sèche-mains et sortit de la pièce en jetant au passage :

– Bye, kid. Take care.

Arthur déglutit, mal à l'aise, et consulta rapidement son smartphone. « Take care », « prendre soin ». De quoi devait-il prendre soin ?

Une fois de retour dans la salle des produits dérivés, Arthur décrivit de son mieux le mystérieux personnage à Tony. Forty years old, curly hair and... a strong chin (là, il dut s'aider du traducteur !).

– Oh, I see, said the bearded man when Arthur finished his portrait. You're describing Bill Bixby. He's one of our lead animators.

« Lead », c'était comme « leader » ; chef, quoi. Donc Bill Bixby était un « chef animateur » ?

– Yes, Tony confirmed. He's in charge of the Roktès character.

« He's in charge of » ? Cela voulait sûrement dire « avoir la charge de »... De la même manière qu'un acteur incarne un rôle, Arthur savait que certains animateurs, parmi les plus expérimentés, étaient assignés à tel personnage ou telle créature. En effet, « character » ne signifiait pas « caractère » mais « personnage », puisqu'on parlait de « character design » quand on voulait faire référence à l'apparence graphique d'un personnage. Bill Bixby s'occupait donc de Roktès, le méchant pirate. D'ailleurs il lui ressemblait un peu : même silhouette dégingandée, même faciès patibulaire.

– Why are you asking me this? Tony suddenly inquired.

– Oh, for nothing ! Arthur stammered. I'm just curious...

Ça, pour être curieux, il l'était. Mais il n'avait pas envie de passer pour le parano de service, même si les propos tenus aux toilettes par Bixby l'intriguaient. Et puis il ne se voyait pas restituer toute cette conversation en anglais. Trop compliqué ! Son cerveau allait finir par fumer à force d'être en mode traduction permanent.

L'après-midi touchait à sa fin quand Anna réapparut, pâle et les traits tirés.

– I'll take you back to your hotel, Arthur, she said.

Dans la voiture, Arthur essaya de discuter avec la jeune femme pour lui remonter le moral. Elle était épuisée et se laissa aller à quelques confidences :

– We're in big trouble. The first draft for the next movie is in Edward's notebook.

– Draft? asked Arthur, not recognizing the word.

– The... first version, if you prefer.

Oh, ça voulait probablement dire le « premier jet »... Désespérée, Anna raconta que toutes les réponses aux questions posées dans les deux premiers films de la série se trouvaient dans l'agenda fétiche : Qui se cachait derrière le masque du méchant Guerrier Noir ? Les parents de Mark étaient-ils bel et bien morts ? Devon, l'un des compagnons du héros, allait-il rester bloqué dans un univers parallèle ? Sans les notes de Latimer, impossible de boucler la trilogie ! Arthur imaginait déjà des millions de spectateurs frustrés à travers le monde... et lui le premier !

– But, he said, you can pay new writers to work on the project, can't you?

Engager de nouveaux scénaristes lui semblait être la solution la plus simple.

– Impossible, Anna sighed. Edward left specific instructions in his will.

« Will » ? C'était le marqueur du futur... mais pas avec « his » devant. Ou alors le diminutif de William ? Non, ça, c'était Bill...

– His will? Arthur asked, trying to understand.

Anna mima un stylo en train d'écrire sur une feuille. Quelque chose qui ressemblait à une signature.

– His last will and testament, she said.

– Oh, des instructions sur son testament, c'est ça ? the Frenchie exclaimed.

Puis, devant l'expression embarrassée de la jeune femme, il redit en anglais :

– His will is his testament, that's it?

Anna acquiesça et se lança dans de complexes explications. Arthur ne capta pas tout mais, apparemment, Latimer avait exigé certaines choses, noir sur blanc, devant notaire. En cas de mort prématurée, ses collaborateurs étaient tenus de respecter scrupuleusement les grandes lignes de l'histoire écrite au brouillon dans l'agenda de ses vingt ans. Le hic était qu'il avait gardé tous ces éléments du scénario secrets et que, maintenant, la production du troisième volet s'avérait pour le moins compromise.

Waouh, grosse galère, thought Arthur.

Si on ne remettait pas la main sur le carnet rapidement, son copain Tony et tous les employés de Pixel risquaient fort de se retrouver au chômage technique !

Chapter Six

A PRIVATE TOUR OF THE DOMAIN

Le lendemain matin, après une mauvaise nuit hachée par des réveils fréquents, Arthur fut convoqué dans les locaux de la police pour y faire une déposition officielle. Il retrouva là-bas le shérif qui l'avait un peu malmené la veille.

Le garçon répéta tout ce qu'il avait déjà dit sur les lieux du drame, puis il signa le compte rendu tapuscrit. Les interrogatoires suivants, ceux d'Anna et de Nelly, furent sans doute très détaillés, car le jeune Frenchie dut patienter dans une salle d'attente pendant plus de deux heures. Les autres employés susceptibles d'aider la police par leur témoignage seraient convoqués et cuisinés plus tard.

Vers midi, le shérif autorisa le trio à quitter les lieux.

– You're not official suspects, the cop explained, but don't go anywhere until we've got this mess sorted out.

On n'est pas des suspects officiels, c'est bon à savoir, Arthur thought.

« Don't go anywhere », ça voulait dire « n'allez nulle part »... Quant à « this mess sorted out »... Alors là, mystère. S'agissait-il du mess des officiers ? Ou d'aller à la messe ? Et « Sorted out » ? « Sortir de la messe » ? Puis Arthur se rappela la réaction de sa prof d'anglais, un jour où elle était entrée dans une salle de classe mise en désordre par des élèves déchaînés. « Clean up this mess ! » avait-elle crié. Le shérif voulait sans doute dire « tant qu'on n'a pas remis les choses en ordre »...

– Have you got any leads? asked Anna before they left the police station.

Un leader, c'était un chef, non ? Un meneur ! « To lead », « diriger, mener vers quelque chose »... Donc, utilisé comme nom commun, cela signifiait certainement « direction »... ou « piste » ?

– Not yet, the sheriff answered. We're still waiting for the results from the crime scene...

Crime scene, Arthur repeated in his head.

Donc, les enquêteurs s'orientaient vers l'option assassinat. La plus plausible, il est vrai.

Arthur voulait savoir si le mot « mendie » avait ouvert une piste éventuelle... Repensant à l'une de ses dernières déductions linguistiques, il improvisa :

– Is the word « mendie » a lead?

Le flic se fendit d'un rire sans joie avant de répliquer :

– So far, it's as mysterious as « rosebud ».

Arthur était bien content d'être cinéphile car, dans le cas contraire, il n'aurait pas saisi l'allusion à *Citizen Kane*, d'Orson Welles. Dans ce film, un journaliste enquêtait pour comprendre le sens du dernier mot prononcé par Kane, le personnage principal, sur son lit de mort. En anglais, « rosebud » signifiait « bouton de rose ». Quel rapport avec le fameux « citoyen Kane » ? Il fallait attendre le tout dernier plan du film pour que le secret soit révélé.

Une fois dans la voiture, en route pour le ranch, Arthur répondit aux cinquante messages paniqués que ses parents et Mathis lui avaient laissés entre-temps :

Je vais bien, je vous assure. Je suis juste un peu secoué. J'espère que le séjour se terminera mieux qu'il n'a commencé.

De son côté, Mathis avait lancé des recherches sur « mendie » mais ça n'avait rien donné de probant. La version en deux mots (« men die ») n'était guère plus éclairante. On en revenait toujours à la citation des chevaliers Loraksors : *Men die, bravery remains.*

Arthur tapa :

Vois si tu peux trouver des choses sur un certain Bill Bixby. C'est un animateur.

Pourquoi ? Tu le soupçonnes ? Mathis responded a few seconds later.

Disons qu'il m'intrigue.

OK boss, c'est parti. ☺

Quand Arthur et Anna arrivèrent au ranch, il était largement l'heure de déjeuner.

– I'm sorry but I can't have lunch with you, Anna said. Too much work. I have to go to a new meeting with Mrs Latimer, Edward's widow.

– Widow? Arthur asked. I don't know this word.

– A couple? Man and wife. They are married, and when the man dies, the woman becomes a widow. You understand?

Arthur nodded. Latimer était marié, en effet ! Il avait presque oublié ça...

Anna reprit :

– But I want to give you this, before I go.

Elle sortit un grand livre de la mallette qu'elle transportait toujours avec elle.

– What's that? Arthur asked.

– The *1990 UCLA Yearbook*, said Anna with a sad smile.

Les « yearbooks » (en fait, des albums photo) étaient une tradition américaine. Tous les élèves ayant fréquenté un établissement donné avaient leur photo reproduite dans ces beaux livres de fin de promo édités année par année. Les portraits en noir et blanc, genre photos de studio, étaient assortis d'une légende qui décrivait en quelques lignes ces jeunes gens aux cheveux permanentés et aux sourires carnassiers, comme s'ils étaient prêts à manger le monde.

Arthur connaissait la biographie de Latimer par cœur. Il savait que le créateur de Pixel avait suivi des cours à l'UCLA au début des années 1990.

– It was Edward's? Arthur asked.

Anna nodded.

– Yes, the yearbook belonged to Edward.

– Why are you giving me this book? Arthur wondered.

– It was one of the contest's bonus prices: one of Ed's personal objects signed by him.

Un « cadeau bonus » ? Ah oui, Arthur s'en souvenait à présent : en plus de la visite des studios, le grand gagnant du concours Internet avait droit à un objet personnel dédicacé par Latimer.

Le garçon ouvrit l'album à la première page. On pouvait y lire, écrit à la main :

To Arthur, this reflection of my past, wishing you the best possible future.

« Reflection », c'était une « réflexion », mais pas dans le sens « réfléchir » car, dans ce cas, Latimer aurait écrit « about my past » (« une réflexion au sujet de mon passé »)… Une réflexion de (« of »), ça signifiait quoi ? Mais oui, bien sûr, un « reflet » ! Là, c'était déjà plus cohérent. Quant à « future », cela ne présentait aucune difficulté. Un « wish » étant un « vœu », un « souhait », comme dans *We Wish You A Merry Christmas*, qu'il avait chanté pour Noël en sixième, on pouvait donc traduire la dédicace par quelque chose comme : *Pour Arthur, ce reflet de mon passé, en te souhaitant le meilleur des futurs*. Bien sûr, la signature de Latimer paraphait cette phrase. Le réalisateur avait même ajouté un petit dessin, un croquis de Mark Finn, le héros de sa saga, avec son épée, les cheveux au vent.

Arthur en eut les larmes aux yeux. Pour la première fois depuis le terrible événement de la veille, il se sentait affectivement blessé par la mort de cet homme avec qui il n'aurait jamais l'occasion de faire connaissance. Sa tristesse n'était plus celle d'un simple admirateur. L'affaire prenait une dimension personnelle.

Si la police ne fait pas son boulot, eh bien moi je trouverai qui a fait ça, songea le garçon, raidi par une résolution qui le surprit lui-même.

– I wanted to give you this present yesterday, Anna resumed, but I was so cut up... I completely forgot !

« Cut up » ? Comme lorsqu'on coupe quelque chose en morceaux ? En morceaux ? Oui, sans doute qu'Anna était un peu en morceaux.

– I understand, Arthur replied.

Trouver son patron avec un couteau dans la poitrine, tu m'étonnes qu'il y a de quoi être en morceaux !

Anna partit pour sa réunion, et Arthur mangea à la cafétéria, en compagnie de Tony, comme le jour de son arrivée au ranch. Le gros barbu se contentait de picorer dans son assiette.

– Bad publicity for us, he kept repeating, looking very worried. I'm afraid this is going to ruin the second movie's release.

Tony avait peur que toute cette mauvaise publicité ne compromette la sortie du deuxième volet de la trilogie. Il poursuivit :

– And, worst of all, we have no precise idea of what's supposed to happen in the third episode.

Arthur se souvenait que « worst », c'était le contraire de « better », le « meilleur ». Pire que tout, ils ne savaient pas ce qui était censé se passer dans le troisième film.

– We need that fucking notebook ! Tony concluded.

Arthur avait vu de nombreux films américains en VO où l'adjectif que Tony venait d'accoler à « notebook » revenait sans arrêt, notamment quand les personnages étaient très, très en colère. Pas besoin de sous-titres. En version châtiée, cela aurait pu donner : « Nous avons besoin de ce maudit carnet. » La version littérale sonnait plutôt comme : « Il nous faut ce p...ain de carnet ! »

La police et le personnel de Pixel avaient mis le ranch sens dessus dessous pour retrouver l'agenda fétiche. Sans succès !

Une fois les plateaux remis aux employés de la cantine, Tony retourna travailler à l'étage et Arthur se rendit à l'accueil. Anna lui avait promis qu'une surprise l'attendrait là-bas.

– Bonne jour, joune homme !

Arthur reconnut tout de suite le vigile qui les avait accueillis la veille, celui avec une petite moustache et qui faisait des efforts louables pour dire trois mots en français.

– Oh, bonjour, Arthur answered with a smile.

– My name's Gene, said the security guard. Anna asked me to take you for a tour of the domain.

Une visite de la propriété ? Cool ! Le garçon acquiesça avec enthousiasme.

Gene et Arthur embarquèrent dans une petite voiture électrique avec un auvent en guise de toit. Quand le garçon s'installa sur le siège passager, son chauffeur remarqua l'album qu'il posait sur ses cuisses.

– What's that? he asked.

– A present from Mr Latimer that her assistant gave me. He signed it before he died...

Gene nodded darkly.

– Oh, I see, he said.

Then, after a short silence:

– You must be very sad. That you never even got the chance to meet him.

– Yes, answered Arthur, I wish I had had that chance.

– He was a great man, the security guard sighed, turning on the engine.

Le petit véhicule démarra et la visite commença.

Arthur était très désireux de faire la conversation.

– How long are you working for Pixel? he asked.

– How long have I been working for Pixel, you mean, Gene corrected. Oh, not that long: six months.

They passed a small lake, a vineyard, an orchard...

– The vegetables at the restaurant all come from our garden, Gene explained. It's organic and sustainable. It's part of the spirit here. Eat healthy, work healthy. The lake is artificial, we call it the Inland Sea.

Nourriture bio, des légumes qui venaient du jardin potager du domaine, on ne pouvait faire plus écolo... Arthur avait du mal à imaginer qu'une société de production spécialisée dans la science-fiction et extrêmement futuriste puisse être aussi proche de la terre et des valeurs rurales. Mais en réfléchissant, il dut admettre que la science-fiction véhiculait souvent ce genre de valeurs. Quant au lac baptisé la « Mer Intérieure », c'était bien sûr un clin d'œil à la saga *Black Crystal*, et plus particulièrement au passage où Mark Finn et ses amis s'embarquent à bord du navire de Roktès pour une traversée... mouvementée !

– Oh, I see, the young Frenchie said.

– We also have a swimming-pool and a fitness center. Over there is our private fire station.

Une piscine, une salle multisports, une caserne de pompiers privée, c'est presque une vraie petite ville ! pensa Arthur, très impressionné.

– And where are the dinosaurs? asked Arthur.

Il faisait allusion au film *Jurassic Park*, mais Gene ne comprit pas la blague.

– Bah, laissez tomber, dit-il en français.

La visite se termina par un passage au poste de sécurité situé derrière les grilles de l'entrée principale. C'était une petite maison scindée en deux parties : la salle de contrôle et une chambre (enfin, une sorte de placard à balais avec un lit de camp). La nuit, un binôme de gardiens se relayait toutes les quatre heures pour surveiller les écrans vidéo connectés aux caméras disposées un peu partout dans la propriété. Pendant qu'un homme travaillait, l'autre se reposait. Bien sûr, le vigile en faction devait également filtrer les éventuelles allées et venues à la grille de l'entrée, mais, la nuit, c'était plutôt tranquille.

– Were you working the night Mr Latimer died? Arthur asked.

– Yes, and I make a note of everything here.

Il montra un grand cahier au visiteur. Sur l'avant-dernière page, il avait noté : *3:35 a.m. / E. Latimer*.

Latimer s'était pointé au ranch à 3 h 35 du matin ?

– I was on call from midnight to 4 a.m., Gene went on. The boss told me he had an idea and wanted to work on it right away. He had to consult some stuff in his office. Some books, I guess.

Apparemment, Latimer avait eu une idée durant la nuit et il voulait consulter de la documentation restée dans son bureau.

Arthur réfléchit :

– Do you think somebody could enter the property without being seen by the cameras?

Il voulait ajouter « et déclencher les systèmes d'alarme » mais c'était trop compliqué pour lui, aussi imita-t-il le mugissement d'une sirène d'alerte.

– Why are you asking this? Gene grumbled. Latimer committed suicide, didn't he?

– I'm not sure. And the police seems to think the same as me. If it's a suicide, where's his notebook?

Gene shrugged.

– I don't know. Maybe he lost it somewhere outside the ranch?

Arthur fit la grimace. Il n'était pas convaincu.

Une fois la visite terminée, Gene ramena Arthur à l'accueil du bâtiment principal. Anna était là. Elle annonça au garçon que ses affaires avaient été transférées à San Rafael où il allait désormais avoir ses quartiers pour le reste du séjour. En effet, comme il l'avait compris le matin même, aucun témoin clé ne devait s'éloigner du ranch, sans compter que les allers-retours quotidiens entre ici et San Francisco prenaient beaucoup de temps.

– Pixel owns a few cottages for key staff members, in San Rafael. I asked if one of our people could take you in for a few days, and someone immediately said yes.

Elle a demandé aux employés habitant les alentours s'ils pouvaient m'accueillir et l'un d'entre eux s'est tout de suite porté volontaire... traduisit Arthur pour lui-même.

– So where am I going to sleep? he wondered.

– At Bill Bixby's house, Anna answered with a large Californian smile.

Chapter Seven

AT BIXBY'S

Bill Bixby ?!

Arthur sentit son cœur descendre jusque dans son estomac. Il avait fallu qu'il tombe sur Bill Bixby !

La tuile !

Il était certain qu'il ne s'agissait pas d'un hasard. Mais comment réagir ? Dire à Anna qu'il avait entendu une communication plus que suspecte aux toilettes ?

J'ai aucune preuve ! Je vais passer pour un gros mytho...

Il tenta quand même de se sortir de ce piège, sans pour autant révéler ses doutes :

– I could sleep on a... – *comment dit-on canapé, déjà ? Sofa ? Non, coach, c'est mieux* – coach in an office, you know. I don't want to be a problem.

– A coach? You want to sleep on a coach? But why on a coach?

– Yes, a coach...

Arthur voyait bien qu'Anna ne l'avait pas vraiment compris. Zut, pour une fois qu'il ne prenait pas le premier mot qui lui venait mais tentait d'être un peu original. Il se reprit donc et revint à sa première idée :

– Yes, a coach, like... a sofa?

Les yeux d'Anna pétillèrent :

– Ah, a *couch* ! Sorry, I thought that you wanted to sleep on a coach ! Like on a bus ! Funny, isn't it?

Arthur se sentit un peu idiot. Ah, cette satanée prononciation !

Anna lui tapota gentiment sur l'épaule :

– But you're not a problem, Arthur, and Bill has told me he's got a guest room, so don't worry.

Tu parles qu'il lui avait dit qu'il avait une chambre d'amis ! Le traquenard ! Arthur essaya quand même de faire comprendre à Anna que ça le mettait mal à l'aise.

– I'm surprised. Bill doesn't seem so...

Comment tourner ça ? Il ne voulait pas tomber dans le délit de sale gueule ni accuser son futur hôte sur de simples soupçons.

Anna resta suspendue à la suite de la phrase mais, voyant qu'Arthur cherchait son mot, elle l'aida. Elle aussi connaissait le personnage.

– Oh, he is not a very enthusiastic and appealing person, I'm aware of that, but behind the mask, he's not a bad person, you'll see.

« Enthusiastic », c'était facile, mais « appealing », Arthur ne connaissait pas ce mot. « Appeler » ? « Quelqu'un qui appelle » ? « Qui attire » peut-être ? Oui, ça devait être ça : « attirant » ! Non, ça, en effet, il ne l'était pas.

« Aware », Arthur savait ce que ça voulait dire : « conscient ». L'acteur Jean-Claude Van Damme répétait ça tout le temps, dans ses interviews archivées sur YouTube. Si Arthur était un fan depuis toujours de récits de science-fiction, son père au même âge avait été fan de films d'arts martiaux. Un jour, ils avaient regardé tous les deux à la télévision quelques exploits de l'acteur belge, dont les interviews passaient rarement inaperçues. En somme, Anna reconnaissait que l'hôte d'Arthur n'était pas ce qu'il y avait de plus sympathique, mais apparemment, derrière les apparences (« behind the mask »), il y avait quelqu'un de pas si revêche. Hum… à voir.

Arthur passa vite fait aux toilettes pour envoyer un texto à Mathis :

Figure-toi que je vais habiter chez Bill Bixby. Il a proposé de m'accueillir. Je suis sûr que c'est un guet-apens. Ce type est louche.

Mathis devait être tout près de son téléphone, car il réagit du tac au tac :

Génial ! Tu seras dans l'antre du loup pour mener l'enquête !

M'ouais. Je voudrais bien t'y voir.

Tu sais, j'ai rien trouvé de louche sur lui. C'est un animateur très talentueux. Il a bossé chez Disney et Dreamworks. Il est divorcé. Sur son profil Facebook, on voit qu'il aime bien les super-héros. RAS, quoi.

OK, OK...

Dans un sens, Mathis n'avait pas tort : c'était l'occasion ou jamais de creuser la piste Bixby, donc autant en profiter.

– I'm ready, Arthur said, in a determined voice, coming out of the men's restroom.

Il avait pris sa décision, même si la trouille lui grignotait le ventre.

À leur arrivée devant la maison de Bixby, Anna tendit les clés à son jeune protégé. Elle semblait pressée de partir.

– Here's your key. I'm not sure when Bill will be back, but he says to make yourself at home. Hope you enjoy yourself.

« Key », c'était assez simple à comprendre. Le fait que Bill n'était pas encore à la maison aussi, mais « make yourself at home » ? Alors là, Arthur n'avait jamais entendu ça.

« Make », c'est « faire », « yourself », il s'agit de moi car Anna s'adresse à moi, donc « faire moi à la maison » ? Bizarre. Sans doute que cela signifie « fais comme chez toi ».

– Thank you, Arthur answered, taking the key.

Il entra dans le hall, puis dans un salon en désordre qui avait tout de la tanière du geek de base. Les stores étant baissés, pas un rayon de soleil ne pénétrait dans la pièce obscure. Un très large bureau avec deux ordinateurs trônait dans un coin. Des piles de dossiers et de feuilles montaient vers le plafond, pareilles à des tours de Pise à l'équilibre précaire. Tout autour du canapé s'entassaient des magazines sur le cinéma et les effets spéciaux, ainsi que quelques titres consacrés à l'histoire. Arthur prolongea son exploration en s'enfonçant le long d'un couloir qui menait à deux chambres ainsi qu'à une grande cuisine. De la vaisselle vieille de plusieurs jours émergeait de l'évier. Des restes de pizza ainsi que des canettes de soda et de bière encombraient la table.

Arthur s'aventura ensuite dans les chambres et comprit vite laquelle allait être la sienne : celle sans vêtements sur la moquette... et où le lit n'était pas en vrac ! Et puis, il y avait son sac, posé dans un angle de la pièce inhabitée. On était bien loin de la suite *Black Crystal*. Il allait devoir s'en contenter.

Profitant de l'absence de Bill Bixby, notre héros retourna dans le salon et se posta devant l'un des deux ordinateurs. Si Bixby était l'assassin, il avait logiquement un mobile… Peut-être pourrait-on trouver des choses compromettantes dans ses fichiers ?

Je tente ? Je tente pas ?

La peur nouait les tripes du garçon, mais il était venu ici pour ça, après tout…

D'un clic, la fenêtre de l'ordinateur s'alluma. La bécane était en veille.

Des icônes de dossiers bleus tapissaient le bureau virtuel. Il y en avait tellement qu'Arthur ne savait pas par où commencer. Soudain, il se retourna et regarda le plafond et les murs de la pièce d'un œil méfiant. Bixby était tellement bizarre qu'il avait très bien pu placer des caméras chez lui. Mais Arthur ne vit rien qui puisse ressembler à ce type d'appareil.

Allez, on reste concentré… Stay focused, comme on dit ici !

Il cliqua sur un fichier appelé BC3 et ne mit pas longtemps à comprendre qu'il s'agissait d'un dossier de travail de chez Pixel, plus précisément des croquis du personnage sur lequel

Bixby travaillait. Selon toute vraisemblance, BC3 signifiait *Black Crystal 3*.

Sans prendre la peine de fermer ce dossier, Arthur en ouvrit un autre baptisé P2015, mais il ne s'agissait que de photos prises durant un salon de jeux vidéo, et sur lesquelles Bixby arborait un costume de super-héros, entouré d'amis tous plus grimés les uns que les autres. Comme quoi, il savait quand même s'amuser, ce monsieur. Arthur sourit. Mais il était déçu de sa pêche pour l'instant. Il cliqua ensuite sur un dossier intitulé I88. Décidément Bixby aimait bien baptiser ses dossiers d'une lettre suivie de chiffres ; pas très original. Mais I88 s'avéra beaucoup plus intéressant que les deux précédents !

Il y avait là quantité de captures d'écrans ainsi que des scans de fiches de programmation. Bixby avait pris en photo des écrans de Pixel montrant des images du deuxième volet de la trilogie ? Sans doute pour son boulot. Mais ces programmes, c'était pour quoi ? Travailler sur son personnage ? L'adolescent tapa vite I88 dans son moteur de recherche favori et il découvrit presque aussitôt un article consacré à Pixel dans le magazine *New Geek*.

I88, the Pixel revolution ! was the article's title, followed by a quote from Latimer himself: « Time, quality, HD, this is an awesome tool that will give a head start on any other production company. Our engineers are magicians ! »

Du temps, de la qualité, HD, c'est-à-dire haute définition... « Awesome », c'est ce que disent les filles en hurlant dans les séries quand elles adorent une robe... Ouais, bon, « super », quoi. « A head start », c'est quoi ? Une tête commencement ? Merci, traducteur électronique, « une longueur d'avance ». En gros, Latimer parle d'un outil de travail incroyable qui n'appartient qu'à Pixel et leur donne une longueur d'avance sur la concurrence. I88 serait donc un logiciel de programmation ? Probablement un truc créé par les ingénieurs maison, les « magicians »...

Arthur fut interrompu dans ses pensées par le bruit de pneus qui crissaient sur les graviers de l'allée, devant la maison. Son cœur explosa comme une grenade.

Le grand méchant loup revenait au bercail !

Il referma le dossier I88 vite fait, puis le P2015, mais quand il tenta de clore celui baptisé BC3... impossible ! La souris s'était transformée en un petit rond de toutes les couleurs qui tournait sur lui-même. IMPOSSIBLE de fermer cette satanée fenêtre !

Shit, I mean « merde »...

Une sueur froide poissait la nuque de l'espion amateur alors qu'il cliquait et double-cliquait comme un malade.

Cette fois, c'était des bruits de pas qui se rapprochaient de la maison, puis sur les marches du porche.

Suis foutu, pensa Arthur en entendant tourner la poignée de la porte.

Chapter Eight

IN THE MIDDLE OF THE NIGHT...

Tant pis, pas le choix ! Arthur cliqua sur le bouton *off* du clavier, qui éteignit l'ordinateur d'un seul coup. L'écran devint noir au moment même où Bixby pénétrait dans la maison.

– Hello kid ! a voice called from the hall.

Arthur plongea vers le canapé et ouvrit la première revue posée dessus, au hasard.

– Sorry, I'm late, said Bixby, I needed a drink with some friends after what happened at the ranch. All of this is so crazy.

– Hello...

Bixby marqua une pause en découvrant son invité vautré dans le canapé.

– You like history?

– Hein ?

Bixby montra du menton le magazine qu'Arthur faisait semblant de lire. Ça parlait de Pearl Harbor et de la Seconde Guerre mondiale.

– Heu… yes, indeed… I'm very interested in World War Two…

– Oh, good. It's rare to see young people take an interest in that kind of thing.

Le cœur d'Arthur était en mode staccato. Mieux valait que Bixby ne lui pose pas de questions très pointues sur la Seconde Guerre mondiale car il avait tendance à dormir pendant les cours d'histoire, au bahut.

– Right, if you'd like to come with me, I'll show you your room.

L'animateur lui proposait de l'accompagner pour lui montrer sa chambre. Arthur parvint à balbutier qu'il l'avait déjà vue tout à l'heure :

– I saw the room when I visited the house while I was alone.

– Ah... okay... good... I think we already met, right? The restroom, same day Latimer died.

Arthur déglutit. Le fait que l'homme évoque leur rencontre aux toilettes ne laissait présager rien de bon.

– Euh... yes.

– So, you remember?

Of course he remembered ! Bixby insisted:

– Were you spying on me?

« Spying » ? Arthur avait-il bien compris ? Espionner ! Il était tétanisé et n'arrivait plus à sortir un son. Encore moins en anglais.

Bixby éclata de rire. La tension retomba.

– Don't look so worried ! I was joking, kid !

« Joke » signifiant « blague », Arthur se décontracta un peu, mais il avait vraiment du mal à voir où était l'humour dans tout ça.

S'agissait-il d'une fausse alerte ? Ou alors Bixby jouait-il au chat et à la souris, soufflant le froid et le chaud pour faire craquer son invité ?

– Do you want something to eat? Bixby asked.

– I'm not hungry, thanks.

– I'm going to make a sandwich. Come with me into the kitchen, we'll chat.

« Chat » comme « chatter », « discuter » ? Arthur n'en avait aucune envie, mais il suivit Bixby.

– So, you won an online contest?

– Yes.

– Not very talkative, are you?

– ...

« Talkative », « talk », « parler », donc « bavard », réfléchit Arthur pendant que l'adulte enfournait de la salade et du rôti entre deux tranches de pain de mie généreusement tartinées de mayonnaise.

– Euh... it's because of my English.

– So you don't understand much English?

En posant cette dernière question, Bixby était sorti de la cuisine et se dirigeait vers le salon, son sandwich à la main. Arthur lui emboîta le pas.

– It's difficult for me, I don't understand everything.

Bixby sourit et s'assit à son bureau. Arthur blêmit. Il n'était pas du tout tranquille à l'idée que son hôte puisse se mettre à tapoter sur l'ordinateur.

Il risque de se rendre compte que j'ai farfouillé dans ses fichiers !

Bixby appuya sur une touche, pensant que son écran allait s'allumer... mais rien. Arthur tressaillit. Bixby fronça les sourcils et vérifia que la prise était bien branchée tout en mordant avidement dans son sandwich. Il se redressa après vérification et maugréa un « Oh, not again ! » puis il appuya sur la touche *on* de son clavier. L'écran s'alluma sur un bureau tout propre, sans fenêtres ouvertes. Ouf ! Apparemment, ce n'était pas la première fois que sa machine s'éteignait.

– Probably a power cut, as usual, Bill complained.

Arthur sourit jaune. « Power cut » signifiant « coupure électrique », il comprit que cela arrivait souvent dans le coin. Il ne voulait qu'une chose maintenant : aller s'enfermer dans sa chambre.

– I think I'm going to sleep, the boy stammered.

– Sure, it's going to be another long day tomorrow, the man answered, still looking at his screen.

Le smartphone de l'adulte sonna. Ce dernier dégaina l'appareil et, voyant un certain numéro s'afficher, il s'empressa de lancer à son interlocuteur :

– Yes !... Wait, wait, I'll go outside.

Il sortit de la pièce en saluant distraitement Arthur.

L'adolescent en profita pour s'installer au bureau et effacer l'historique de ses précédentes manipulations.

Une bonne chose de réglée !

Pendant ce temps, Bixby faisait les cent pas sur l'allée gravillonnée, devant la maison. Arthur courut dans sa chambre et ouvrit la fenêtre, avec l'espoir de capter une partie de la conversation, mais l'animateur en était déjà aux « Goodbye » et autres « See you soon » d'usage.

Trop tard !

Arthur s'allongea sur le lit et tenta de chatter avec Mathis. Pas de réponse. Son ami devait dormir...

On toqua à la porte.

– Sleep well, kid.

– Oh, thanks. Same for you, Mr Bixby.

– My friends call me Bill.

Faut pas pousser quand même. Bixby s'est montré plutôt sympa avec moi ce soir, mais on est loin d'être amis !

Néanmoins, Arthur marmonna un cordial :

– Sleep well, Bill.

Des bruits de pas, puis une porte qui se refermait lui indiquèrent que l'adulte était rentré dans sa chambre. Arthur soupira. Il ne savait plus trop quoi penser. Après avoir médité en fixant le plafond durant quelques minutes, il alluma la petite lampe posée sur la table de nuit et feuilleta le « yearbook » de Latimer.

Le réalisateur arborait le même type de chemise fantaisiste à 20 ans qu'à 40 passés. Et il avait le même sourire de gamin émerveillé par la vie. Sous sa photo, on pouvait lire :

« Ed » Latimer.

Wants to make the world a better place by telling stories.

Il voulait rendre le monde meilleur en racontant des histoires... Et maintenant, il était mort. Et, sans le carnet, personne ne connaîtrait jamais la fin de sa saga. C'était trop triste et trop injuste. Le cœur de l'adolescent se serra... Il referma l'album et, quelques minutes plus tard, vaincu par la fatigue et les émotions accumulées, il s'endormit tout habillé sur le lit.

Ce furent les cris de Bixby qui le réveillèrent, deux heures plus tard.

– Wake up, kid ! Wake up !

Il faisait nuit noire, et Arthur ne comprenait pas pourquoi l'homme le secouait ainsi... jusqu'au moment où il sentit l'odeur âcre. Une odeur de fumée ! Et puis il y avait ce bruit pareil à des centaines de billets de banque froissés en même temps ! Bixby n'attendit pas qu'Arthur soit totalement réveillé : ni une ni deux, il le mit en travers de son épaule comme un sac de pommes de terre.

– Heyyyyyy ! the boy shouted.

Bixby allait ressortir de la pièce mais, quand il ouvrit la porte, une langue de flammes lui sauta à la figure. Le couloir était en feu. La fumée se répandit dans la chambre en un tourbillon de petits nuages opaques. Les yeux d'Arthur étaient désormais bien ouverts et totalement incrédules face à ce spectacle. Bixby recula jusqu'au fond de la pièce. Il posa le garçon sur la moquette pour ouvrir la fenêtre. Arthur en profita pour récupérer au passage le cadeau dédicacé par Latimer, et celui de Tony, sans oublier son téléphone.

– Jump ! Bixby ordered.

Arthur sauta par la fenêtre en pensant : *Heureusement que c'est une maison bâtie de plain-pied.* Il roula sur un carré de pelouse mal tondue, sans cesser de serrer le précieux « yearbook » contre lui, et son sauveur le rejoignit quelques secondes plus tard.

– What happened? Arthur managed to ask with a choked voice.

– I don't know, kid... The smoke woke me up...

Ils auraient pu mourir tous les deux d'asphyxie ou bien carbonisés durant leur sommeil. Quelle horreur ! Bixby avait vraiment eu peur, cela se voyait. Arthur lui trouva soudain l'air très humain. Durant une poignée de secondes, il avait pensé que tout cela était peut-être une mise en scène orchestrée dans le but de l'éliminer. Mais, si telle avait été l'intention de l'animateur, il ne lui aurait bien sûr pas sauvé la vie au bout du compte.

Son but était peut-être de détruire des preuves, et pas forcément de me tuer ?

Sauf que mettre le feu à sa propre maison, c'était extrême comme stratagème, et plus compliqué que d'effacer trois fichiers sur un disque dur. Non, ça ne tenait pas debout.

Arthur parvint à balbutier un « thank you » à cet homme mystérieux assis à côté de lui, les cheveux hirsutes et le pyjama noir de suie, tandis que les sirènes de pompiers se faisaient entendre au loin.

Chapter Nine

MR BIXBY'S DIRTY LITTLE SECRET

Anna arriva peu de temps après le drame. Passé la surprise, elle rapatria Bill et Arthur chez elle, le temps d'y voir plus clair.

– I think the sheriff will have some new questions for you, after what's happened. What is going on around here? I can't believe this is all happening !

Anna n'avait plus rien de la jeune femme enjouée du début du séjour. Bill et Arthur étaient sains et saufs, mais cet incendie n'allait pas manquer d'attiser la curiosité des journalistes déjà appâtés par la mort de Latimer. Pixel n'avait vraiment pas besoin de ça !

– You should call your parents and let them know you're okay, Anna said to Arthur. I don't want them to hear about this through the media.

Elle habitait une jolie maison dans la petite ville de San Anselmo. Après une bonne douche, Arthur se glissa dans les draps douillets de l'une des chambres d'amis, mais impossible de fermer l'œil. Il entendait Anna et Bill discuter de l'incendie depuis le salon :

– So you don't think it's an accident?

– I don't see how it can be, Anna.

– But why?

– Well I can't prove anything, but I think someone was trying to get at me, at Arthur, or both of us... Do you trust this kid?

– Arthur? He hasn't done anything !

– I know. He could have died tonight. Of course, he didn't set the house on fire. But he wasn't far off when you found Latimer dead in his office, right? And now, my house! It's weird.

– Well... I think you're too tired and shocked to think clearly right now... Let's try and get some sleep.

Au bout de quelques minutes, on entendit des portes se fermer, et le silence revint dans ce havre de paix qu'était la maison d'Anna. Arthur poussa un long soupir. Bixby n'avait pas tort, dans le fond : dès qu'il se trouvait quelque part, un drame se produisait. Il n'était pas sûr de réussir à se rendormir, après ce début de nuit mouvementé, mais la fatigue finit par lui fermer les paupières et il sombra dans un sommeil réparateur.

La journée du lendemain débuta par un passage chez le shérif pour y faire la déposition de circonstance.

– You're becoming a permanent guest, the cop joked when Arthur entered the office.

Le garçon espérait bien ne plus jamais remettre les pieds ici, mais... *Ne dit-on pas « jamais deux sans trois » ? Bon, je préfère ne pas trop y penser...*

La corvée achevée, Arthur, Bixby et Anna retournèrent au ranch. Arthur fut heureux d'y retrouver son copain Gene, le vigile, autour d'un petit déjeuner revigorant.

– Could you look after our young friend today, Gene? Anna asked. I have so much to handle that I won't be able to do anything with him.

– Oh, sure, no worry, the security guard answered.

– I'm not working here today, Bixby informed them. A visit to the City will be a welcome break from the studios. I really need it.

– I understand and I wish I could do the same, Anna sighed. But I have to get this paperwork done !

Anna and Bill Bixby said goodbye. Arthur was alone with the security guard in the cafeteria.

– Thank you Gene ! the boy said. I'm pleased to spend the day with you. I think we can say that you are my official...

C'était quoi le mot pour « accompagnateur » ?

– I'll be your chaperone, once more, young man, Gene said with a friendly smile.

Arthur se racla la gorge. Il brûlait d'envie d'aborder un sujet un peu délicat mais il ne savait pas trop par quel bout présenter les choses :

– Gene, he began, I know you won't believe me, but I think we need to follow Mr Bixby to the City.

– What? But... why?

– I think Bill is... – *impliqué ? implicated ? Comment on dit ça déjà ? Ah ça y est...* – involved !

– What do you mean? Involved in the murder? But he just lost his own house !

– I'll explain on the road. I just want you to trust me. Please, let's go !

Arthur stood up, impatient, and Gene agreed to follow him even if he only seemed half convinced.

– Do you have a car? Arthur asked.

– Yes, it's parked down there.

Ils montèrent dans un vieux cabriolet qui semblait sortir d'un feuilleton des années 1970 et, quand ils arrivèrent en vue de la grille, quelques minutes plus tard, ils aperçurent la voiture rouge de Bixby qui était sur le point de sortir de la propriété.

– On ne le lâche pas, marmonna Arthur, concentré.

– What?

– I mean... don't lose him!

La circulation était fluide. Gene gardait ses distances (un peu, mais pas trop) avec un art consommé de la filature. On aurait dit qu'il avait fait ça toute sa vie.

Cinquante minutes plus tard, Bill Bixby se gara devant une maison victorienne du quartier de Haight-Ashbury, non loin du fameux Golden Gate Park.

– Là, ça devient intéressant, commenta Arthur quand le suspect pénétra dans la maison.

– What? Gene asked.

– This is becoming interesting, Arthur translated. Very interesting.

Arthur avait l'impression d'être un flic en planque, comme dans les films... mais il trouvait quand même le temps long. Les minutes s'égrenaient, interminables, et il ne se passait rien du tout. Mais que pouvait bien faire Bixby dans cette fichue baraque ?

– Can you explain just exactly what we're doing? Gene asked.

Arthur raconta toute son histoire, à partir du moment où il avait surpris le mystérieux coup de fil donné par Bixby dans les toilettes du Mark Finn Ranch. Gene l'écouta en silence, sans l'interrompre. C'était difficile de deviner ce qu'il pensait car son visage était neutre, concentré.

– You think I'm stupid or I'm crazy? Arthur asked, when he had finished his story.

– I wouldn't say that, kid, the security guard answered. But you've got a lot of imagination, that's for sure! Who knows what the truth really is?

– That's why I want to follow Bill. If he's really guilty, he will make an error, at one moment or another.

Gene tapotait le volant nerveusement.

– Looks like you're trying to get me involved in a dangerous game, kid, he said. I can't believe you nearly got burned alive in that house, last night. What a terrible thing to happen!

– Yes, it was terrible.

– You're feeling okay, now though? Not too upset?

– I'm feeling alright, don't worry.

– Okay, okay... I hope you managed to save some of your stuff... Did you lose a lot in the fire?

– Well, my suitcase... Anna gave me some clothes she had at her place... Her brother is my age, apparently.

– Oh, I'm sorry to hear that you lost your clothes. I hope you didn't lose anything precious.

– No, I managed to save my two presents, said Arthur.

– Your presents?

– Yes, the Katt model, Tony's gift, and the yearbook...

Gene seemed surprised. He checked his watch :

– We've been waiting for nearly an hour now. I'm starting to get tired of this mystery.

Arthur allait répondre lorsque Bixby réapparut sur le perron de la demeure, suivi d'une jeune femme plutôt avenante. Ils s'embrassèrent. Gene leva les yeux au ciel.

– Yes, yes, I know what you think, said the boy, trying to justify himself.

– Do you?

– You'll see ! I know I'm right.

– Whatever.

Bill Bixby was headed towards his car. He was looking all around with a worried expression, as if he was checking that he wasn't being followed. The two amateur spies sank down into their seats to conceal their presence.

– See ! exclaimed Arthur.

Bixby's behavior had started to confirm his suspicions. Apparently, Gene agreed.

– Okay, kid, let's follow him some more.

Bill's car headed Downtown. He drove through Hayes Valley, a rich neighborhood, then past the City Hall of San Francisco, the town hall with its vast esplanade.

C'était un quartier ponctué de nombreux monuments assez anciens, celui où les fortunes de la région pouvaient se retrouver pour assister à des pièces de théâtre, des événements organisés au Veteran Hall, ou encore des concerts. Mais Bixby ne resta pas dans le secteur. Il longea Van Ness Avenue sur quelques blocs, puis prit sur la droite et enfin sur la gauche pour rejoindre Russian Hill. Au sommet de cette grande colline, on avait une vue époustouflante sur la baie. C'était le décor parfait pour filmer des courses-poursuites. Au loin, on pouvait voir les énormes porte-conteners qui venaient de passer sous le Golden Gate pour rejoindre le port d'Oakland, les voiliers qui scintillaient autour de l'île d'Alcatraz.

– Enjoy the view! Gene said to Arthur, as they were driving down the hill and crossing in front of a cable car full of tourists.

Le tram remontait vers le centre-ville en faisant un bruit d'enfer le long de ses rails. Houses were absolutely gorgeous in this neighborhood, each one brighter and more colorful than the last.

– Seems like our friend doesn't want to be followed, Gene mumbled.

– What makes you say that?

– Because he could have taken a shorter route to get where he's going.

– Do you know where he's going?

– I've got a pretty good idea... I'd swear he's heading for the Marina.

Bixby kept on until he arrived at the esplanade in front of the Marina. He parked on the huge parking lot. Apparently, he wasn't the only one to have had the same idea. A lot of people, alone in their cars, were coming here to have lunch and to enjoy the view whilst eating. Still observed by Arthur and Gene, Bixby got out of his car and walked towards another vehicle parked further down on the same parking lot, a black Lexus, with tinted windows.

– Ha ha ! said Arthur, triumphantly.

Gene didn't answer.

Un homme en complet gris sortit de la Lexus et rejoignit Bixby qui s'était assis sur un banc et feignait de contempler la surface de l'eau. L'animateur extirpa une clé USB de sa poche.

– We can't hear what they're saying, Arthur complained.

– Stay behind me, said Gene, opening the glove compartment.

Il attrapa dans la boîte à gants un petit pistolet à impulsion électrique.

– What are you going to do? Arthur inquired.

– You've convinced me, you should be happy.

Le vigile s'approcha à pas de loup des deux hommes. Arthur le suivait de près, le cœur battant et la sueur aux tempes.

L'inconnu en complet gris aperçut le duo juste au moment où il était sur le point de prendre la clé USB tendue par Bixby.

– Shit ! he shouted.

He jumped into the Lexus and drove away, tires screaming. Bixby tried to escape as well, but Gene blocked him. There was a short fight between the two men but the security guard was clearly the strongest. He pushed Bixby back on the bench.

– What are you doing, Bill? What's all this about? Gene shouted, taking the USB stick from his colleague.

– Were you following me? Bixby retorted, with an air of false outrage.

– The boy suspected you, and now I can see he was right !

– I don't understand. Let me go !

Arthur, who had stayed behind, moved forward and asked:

– Are you spying on Pixel? Is it related to I88? Why did you kill Latimer?

– Latimer? You think I killed Latimer! No! I would never have done such a thing. He was my mentor, my model, he recruited me and believed in me. I would never have hurt him!

Arthur looked at Gene, not knowing what to think. Il y avait des accents de sincérité troublants dans la voix du suspect.

– I just needed some money, said Bill. It was easy for me to crack I88 and try to sell it. I'm a spy, yes, a thief, a robber, if you want, but not a killer. I badly needed this money, I'm in a lot of debt.

– You'll have to do better than that. I've got the feeling you're not telling us the whole truth! Gene grumbled.

Il fit grésiller le canon de son taser sous le nez de l'animateur. On aurait dit qu'il était prêt à l'électrocuter sur place s'il ne se mettait pas à table.

– Gene, maybe this is a job for the police, don't you think? Arthur said.

Gene parut soudain gêné et il relâcha la pression.

– Yes, you're right, kid.

– I'm innocent as far as Latimer is concerned, Bixby repeated. The cops will soon find out that I'm not the killer they are looking for.

Gene punched a number on his phone, and the police arrived a few minutes later.

Crissements de pneus sur l'asphalte, gyrophares et portières qui claquent. Le grésillement des radios se mélangeait aux aboiements secs des flics qui approchaient, main sur la crosse de leur arme de service. Arthur déglutit. Il se sentait tout petit et pas du tout à sa place.

– Here is the man, said Gene, indicating the guilty Bill Bixby.

Les policiers embarquèrent Bill Bixby, non sans lui avoir au préalable passé les menottes, tout en récitant le sempiternel couplet des lois Miranda : « You have the right to remain silent. Anything you say may be used against you... »

L'espion démasqué avait l'air à la fois accablé et soulagé, comme si sa conscience était libérée d'un poids trop lourd. Il s'adressa à Arthur une dernière fois avant que la porte du véhicule de police ne se referme sur lui :

– Be careful, boy ! I don't think the fire in my house was intended to hurt me. You were the target.

Une menace ? Non, plutôt une mise en garde de la part de cet homme résigné qui ne semblait même pas en vouloir au gamin. C'était étrange. Si Bixby avait vraiment eu quelque chose à cacher au sujet de Latimer, il ne se serait pas laissé faire ainsi, non ?

Chapter Ten

MEETING IMANE LATIMER

Gene drove Arthur back to the ranch immediately after the incident. They told everything to Anna who was totally astonished by what she heard.

– Oh my God, moaned the Pixel PR assistant. Every day there's a new catastrophe... When is all this going to end?

Elle était consternée, comme tous ses collègues d'ailleurs. Of course Bixby had never been the kindest person in the universe, but no one could have imagined he was a double agent for one of Pixel's competitors.

– Do you think he killed Edward? Anna asked Arthur.

– I don't know, Arthur replied. I really don't know.

Arthur spent the evening with Anna, at her home, and they both had a meal tray whilst watching a movie (a Pixel production of course) on the giant screen in the living room. Anna wasn't a good cook, she said, which is why she ordered a delivery from her favorite Japanese restaurant.

That night, Arthur fell asleep with his stomach full of sushis and makis. And this time, a miracle happened: he slept through the night.

Pas d'incendie, pas de tentative de meurtre... je finirais presque par m'ennuyer, songea ironiquement le jeune Français en se brossant les dents, le lendemain matin.

After breakfast, Anna and Arthur got into the PR assistant's car.

– What's the program, today? Arthur asked.

– We're having a giant paintball party this afternoon for all the staff. I think everybody needs some physical activity to deal with the stress and trauma of the last few days.

– That's a good idea!

Arthur was thrilled with the idea of running around in the woods armed with a plastic gun.

– But right now, I have to take some documents to Mrs Latimer. (She showed a pile of paperwork on the back seat.) I bet you would have preferred to do something a bit more fun.

– Don't worry, Anna. I know times are difficult.

Arthur was actually delighted to discover his idol's home sweet home. Of course, he would have preferred to go there under different circumstances, but going to Latimer's private house was still like a dream.

– I just can't believe Bill was spying on us! Anna mumbled without taking her eyes off the road ahead. I'm so furious I didn't notice anything.

– You can't notice everything, Anna.

She smiled at Arthur as they pulled up in front of a huge black gate. Latimer had lived in Ross, a wealthy little town in Marin County, situated between San Rafael and Mill Valley. Quite a few movie stars were known to live here. They had chosen this discrete environment in which to live in quiet luxury out of the gaze of curious fans. It was a far cry from the fizz and sparkle of Beverly Hills.

– A house in this area costs between five and ten millions dollars, Anna explained.

Entre cinq et dix millions de dollars ! Wow !

The gate opened. Anna greeted the security guard at the entrance, then drove down the long driveway leading to the house. It was a modern construction made of wood, with wide bay windows and massive solar panels on the roof. Different cube-shaped levels and rectangular blocks created a very interesting form.

L'entrée de la maison était claire et spacieuse. La lumière semblait pénétrer de partout. Une jeune femme s'avança vers les deux nouveaux venus.

– Hello Anna, Mrs Latimer is waiting for you on the patio, by the pool. Good morning, young man, I'm Lisa, she added, turning to Arthur.

They walked onto an inside patio decorated like a Moroccan *riad*. A sophisticated and elegant woman of about 40, with long, dark hair, was drinking a cup of tea beside the pool. She looked very tired, but when she saw Anna, she got up and tried to smile.

– Hi Anna ! Thank you. It's so good of you to come. You must be overwhelmed right now.

« Overwhelmed » ? Arthur n'avait jamais lu ni entendu ce mot, mais sachant ce que signifiait « over » (« sur »), il en conclut que cela voulait dire « surbookée », « débordée ».

The woman turned to Arthur:

– Bonjour Arthur, enchantée de faire ta connaissance.

Arthur fut surpris de l'entendre parler français quasiment sans accent.

– Je suis marocaine, ajouta Mme Latimer pour expliquer sa maîtrise du français. Ed et moi nous sommes rencontrés à l'occasion du premier opus de la trilogie. Son équipe et lui étaient venus faire des repérages dans notre beau désert. Ils avaient besoin de références visuelles pour toutes les scènes de *Black Crystal* qui se déroulent au sud d'Ynotna.

– Oh oui, je vois. J'adore tout ce passage, avec la tempête de sable et les scorpions géants !

– Je m'appelle Imane, bienvenue ici. Je suis désolée que tu arrives dans de telles circonstances. Ed aurait aimé te rencontrer. Et en plus, maintenant, tu es un héros !

En disant ces mots, elle retourna vers la table à côté de la piscine, où était posé son ordinateur portable, sa tasse de thé qui refroidissait… et un journal, *The Bay Area Morning News*.

Arthur eut un hoquet de surprise en voyant sa photo en première page, aux côtés des policiers qui emmenaient Bixby !

– Heureusement que tu étais là !

La veuve s'adressa cette fois à Arthur et à Anna :

– I88 is one of our best tools at the Ranch. A real achievement. It cost a lot to Ed and his team to create this software. Anna, do you think Bill had anything to do with Ed's murder?

– I can't imagine him as a murderer, Anna answered, but I didn't imagine he was a spy either. I hope the police will tell us.

Arthur, who had been holding his tongue for a few minutes already, finally dared to interrupt:

– Excuse me, Mrs Latimer, did your husband keep a copy of his notebook, the famous agenda, somewhere?

Imane seemed upset by this question.

– No. We've been trying to find his notebook for two days. I even went to the bank to look in our safety box, but it wasn't there either.

– Was Edward worried about something recently? Or maybe afraid of somebody?

Imane shook her head to mean « no ».

– The only time I saw my husband upset was because of that legal business, a few years ago. One case in particular... A man Ed had known in his youth accused him of stealing the script of *Black Crystal*! Of course, Ed won the case, but he was very upset and tired. He had to prove he was the author of something he really had written himself, can you imagine?

– Do you have more details? Arthur asked.

– Not really. Ed never talked much about the past, he was always looking ahead, and he tried not to involve his family in his business problems.

– If Bill was interested in 188, maybe he was interested in more than that, said Anna.

The notebook must be worth a lot more money.

Imane Latimer lowered her eyes. Obviously, it was difficult for her to continue the conversation.

– Oh, Imane, I am so, so sorry for your loss, said Anna.

She put her arms round the young widow and gave her a big American hug.

– We won't take up any more of your time. I'll leave the documents in the lobby, so you can have a look at them later and call me when you're ready. No rush. It's just some stuff to sign.

– Sure, Anna. J'ai été heureuse de te rencontrer, Arthur. J'aime beaucoup la France et je vais souvent voir des amis à Paris. J'espère que tu arriveras à profiter de ton séjour ici, said Imane, shaking Arthur's hand.

She went back to her table by the pool, with drooping shoulders. Arthur was sad for her. He sighed, full of empathy, then he followed Anna out of the house.

Back in the car, he wrote on his cell phone:

Salut Mathis, j'ai encore du boulot pour toi. Une recherche concernant un procès dans lequel Latimer a été impliqué... Un homme qu'il a connu dans sa jeunesse l'aurait plus tard accusé de plagiat.

The answer arrived a few seconds later:

No problem, boss. Passe la commande. ☺

Chapter Eleven

A MOST DANGEROUS GAME

À peine une heure plus tard, Arthur enfilait des genouillères par-dessus l'uniforme militaire qui lui avait été donné pour la séance de paintball. The army surplus battle dress was a bit too big for him, so he rolled up the sleeves. He was also equipped with goggles to protect his eyes, like all the others participants, and, of course, he had a weapon, a machine gun lookalike capable of spitting a hundred painted balls per minute.

It was still early afternoon, the sun was shining, and most of the Pixel staff had gathered in the woods near the gates. All of Arthur's friends were there: Tony, the big bearded guy, Gene and even Anna, although the young woman seemed far less enthusiastic than most of her male colleagues.

– I shouldn't be here, she kept saying. I have too much work to do.

– You need to relax, just like everybody else, Tony replied.

A tall man with short hair who looked like a marine corps officer (most probably the referee) was finishing explaining the rules:

– If you're hit on the legs or on the arms, you can go on playing, but if the paint mark is on your chest, your back or your head, you will be considered as dead and the game is over for you. It's not a team job today, okay? You're all on your own. The winner is the last player without a lethal mark. Any questions?

No questions. Tous les joueurs semblaient avoir compris les règles exposées par l'arbitre.

There was a moment of quiet, like the calm before a storm, and then the referee blew his whistle, and everybody dispersed.

With his goggles on, Arthur was under the impression he was playing one of those video games where you see the action through the character's eyes, a sort of first person point of view. Low branches lashed at his face, but he didn't care. His heart was beating in his ears, like a drum. He held onto his gun with a firm grip.

Ten minutes later, totally exhausted, Arthur sank down behind a big dead tree trunk almost buried. The sun filtered through the thick branches in a symphony of greens and yellows.

Arthur decided to take a short break. Il se tint quelques instants sans bouger, protégé par le tronc d'arbre mort. He was so excited, his senses tuned to a peak. Blood pulsed through his veins. He felt like a particularly efficient piece of machinery, and the sensation was exhilarating.

He could hear gun shots in the distance. It was clear that the game had really begun. The sound of firing was almost disappointing, more like firecrackers than real weapons.

Mais quand Arthur se risqua à sortir la tête de l'abri naturel derrière lequel il s'était caché, il entendit un sifflement, et un morceau d'écorce explosa à dix centimètres de son visage.

– What?

A second projectile buzzed past his nose, like a mad insect, and he flung himself face first on the ground, breathing in the smell of fresh earth.

Incredible ! It was a real bullet (and not an harmless paintball) that had hit the tree trunk. If it hadn't been for his goggles, a fragment of wood could have injured his eyes.

No doubt about it : after the fire two nights ago, somebody was once again trying to kill him.

Adrenaline and fear coursed through his veins. His heart was pounding hard enough to break out of his rib cage.

He hadn't heard any clear shots, which meant the killer must be using a silencer.

Wizzz ! Clac !

Another piece of the tree trunk flew up near Arthur. This time, the shot had come from his right, meaning that the sniper was on the move, trying to shoot him from behind.

He began to crawl to the left, his elbows and knees moving like pistons. À quelques mètres de l'extrémité du tronc, il avait remarqué un bouquet d'épais buissons. There was quite a distance to cover without protection but it was worth trying. He had to get away from the killer.

He started a mental countdown:

Three... Two... One...

Go !

Il vit le massif se rapprocher, se rapprocher encore, puis, sans transition, la végétation l'avala : succession de gifles griffues, de halètements sourds, d'ombre et de lumière alternées à un tempo presque stroboscopique. Arthur courait comme jamais il n'avait couru de sa vie.

Le taillis s'ouvrit. Il déboucha dans une clairière, se prit les pieds dans une racine traîtresse, trébucha, se releva, la peur chevillée au ventre tel un puissant combustible, et il repartit de plus belle, le souffle court, douloureux.

To his right, he saw a large natural hole, a place where the collapsing ground had formed a large circle.

He desperately needed to hide and recover, so this could be the perfect spot. Drawing on his last dregs of energy, he crossed the distance at full speed and jumped into the hole, completely drained.

He needed to warn the others, but a cry for help would have revealed his position to the killer!

So what were his options?

Indecision fogged the boy's mind.

Then he heard a crack of branches to the right. He pointed his so-called gun, even if the piece of plastic couldn't help him a lot.

Chapter Twelve

THE INCREDIBLE TRUTH

An athletic silhouette jumped and landed right next to him.

It was Gene!

– Hi, kid, how are you doing?

Arthur could have cried from relief:

– Oh Gene! I'm so happy to see you... There is a man... the murderer... He's trying to kill me...

– What?

– He's shooting at me, with a... a... silent weapon, you know?

– Hey, calm down... I don't understand what you're talking about.

Arthur took a deep breath.

– Somebody shot at me. Twice! Just a few minutes ago!

– Are you hurt?

– No, no, I'm okay... but... it was real bullets, I'm sure!

Gene put a comprehensive hand on the boy's shoulder.

– I'm here, now, so keep cool.

– Do you have your taser?

– Well... no...

– Shit... We need help.

Gene began feverishly typing on his cell phone.

– Don't worry, kid. In less than five minutes, the security guards from the domain will be here to rescue us!

Arthur nodded, reassured, but ardently praying that the reinforcements would come before the killer's next attack. Gene indicated the right side of the hole.

– You watch from here. (He turned around.) And I'll watch from over there.

Arthur nodded, got into position, and started to watch the big grey trunks in front of him, a dozen feet away. He was afraid he would see a man coming towards him, a man with a rifle (a real rifle!).

Something vibrated in his pocket. He had put his cell phone on silent mode.

A message from Mathis:

Hello. Je te mets ce que j'ai trouvé en fichier joint.

Arthur opened the file. It was a three year old article entitled:

Edward Latimer wins plagiarism suit

Then, below:

The judges decided yesterday that the evidence given by Mr Gary Mendoza was not enough to condemn the famous producer/director Edward Latimer...

Scrolling down the post, Arthur found the photo of a man leaving court. He looked furious. This must be the mysterious Gary Mendoza!

And suddenly, his heart missed a beat. He knew that face, those narrow eyes! They were...

– Gene?! he gasped.

– Oh, I see you have discovered the truth, the security guard said calmly.

Arthur looked up at the man he had began to think of as a friend.

Gene (but it was obviously a false identity) had traded his toy gun for a revolver equipped with a silencer. He removed his fake mustache and a fake nose made of latex, perfect make up, like in *Mission impossible.*

– But I don't understand, the boy stammered.

His thoughts jostled in his head, like a bunch of billiard balls.

– You killed Latimer because of the plagiarism suit?

– Latimer got what he deserved. He was a thief. He stole my ideas!

– What?

– We studied together, more than twenty years ago, at UCLA... One day, at a party, I told him about a dream I had about a parallel universe with a quest and dragons... And the bastard stole my story!

– Euh... excuse me, but most fantasy stories are about quests and dragons.

– I know what happened! Latimer's lawyer paid a so-called specialist to convince the jury I had psychiatric problems, but I'm not crazy, okay!?

Gene's voice had gone all hight-pitched in last sentence, and the demented gleam shining in his eyes was in complete contradiction to his words. Having regained some composure and calmed his breathing, he went on:

– I got a job here six months ago, using a false identity... and I waited patiently. The night Latimer came back to his office to work alone, I knew it was the right moment for my revenge. I discretely left the security station while my colleague was doing his round. I know all the blind spots, all the places which are not covered by security cameras. I entered the main building with my electronic pass.

Arthur nodded but he was only half listening to the assassin's story. Part of his attention was focused on a big piece of dead wood lying not far away. This branch was not as thick as a club, but it looked strong enough to serve as a weapon.

– So you found Edward, killed him and stole the notebook? Arthur asked, keeping his eyes on the killer while he was slightly shifting to his left, towards the branch.

– The ideas written in this agenda are MINE, do you understand?! I tried to pass the crime off as a suicide, but I didn't imagine Latimer would have enough strength left to write a last word in his own blood !

– Mendie? What does it mean?

The boy's hand slowly stretched towards the branch. Very slowly. But he was still five or six inches from his goal.

– It was my nickname, at university, explained Gene/Gary. A short version of Mendoza. I was scared to death when I saw that Latimer had given you the UCLA yearbook: my nickname is mentioned in it, just under my photo. You had the solution right in front of you all the time.

– So you set Bill's house on fire and tried to kill me!

– You know the proverb, kid: « Curiosity killed the cat »...

– But why didn't you try to kill me again when we were alone, in the car, waiting for Bill Bixby? Arthur asked, intrigued.

– Well... Murdering a kid in a city street, in the middle of the day, would not have been very discrete... Maybe I should have taken my chance then, you're right, but I'll correct my mistake right now!

And with these words, he pointed his gun at Arthur, and the boy felt his body go hard as if he was trying to build an invisible shield between the gun and his skin.

I'm dead, he thought.

He would never have time to grab the branch. He would die here and now, in the middle of Marin County. He was so young and had still so much to live for.

But, desperate as he was, crying was not an option. There was no way he was going to humiliate himself in front of this so-called Gene.

Arthur closed his eyes, resigned to the inevitable outcome.

Suddenly, a violent noise erupted in the nearby wood:

– I shot you, Tony ! yelled a voice.

– No you didn't, you missed me !

– Liar ! What's that paint mark on your chest?!

Gene (or should we say Gary) turned his head toward the noise. It was the miracle Arthur had been hoping for. He grabbed the branch and with a furious scream brought it violently down on his opponent's arm !

Mendoza screamed and dropped his weapon.

Arthur had hit him so hard that he probably had broken a bone. Continuing the movement, the boy hit Mendoza on the head, and the adult collapsed on the ground.

Arthur dived to get the gun, but the killer was still there: he gave the boy a vicious kick that took his breath away and threw him back.

Mendoza rose, his arm was bleeding and probably broken. He was wounded but not yet out of the game. With his good hand, he picked up the gun Arthur had failed to reach.

– Nice try, boy, he mumbled. I'm right-handed, but don't think I'll miss you at this distance.

Once again, the gun was moving towards our hero's head.

Mendoza was about to shoot when dry cracking noises broke out from all around. A green splash erupted on his shoulder, another flowered on his chest, and, finally, a paintball exploded on his face, splashing his goggles!

– You're dead, dude! said big Tony. Gotcha!

The killer was trying to wipe the green paint off his glasses, but he was blinded for the moment. He did not see the others gamers emerging from the woods and surrounding him. He did not see Arthur picking up his branch. In fact, he didn't see anything at all…

– AAAAHHH ! he yelled as Arthur's improvised weapon hit him between the legs.

He fell to his knees, screaming in pain. The next blow sent his goggles flying and he fell on his side, stunned.

Tony appeared at the top of the hole. He stopped, surprised by what he saw:

– Arthur? What's all this about?!

– Oh, don't worry, I can explain everything, the boy answered.

He turned to Mendoza's unconscious body and said:

– Game over !

Two months later... Arthur was back in the US, visiting Los Angeles this time. He had been invited to the world premiere of *Black Crystal II: The Underwater Kingdom*! And this time, his best friend had been invited too.

– I can't believe it, Mathis repeated, overjoyed.

The two boys were walking down the red carpet into the movie theatre, surrounded by Hollywood stars and cracking camera flashes.

– Look! Brad Pitt! Mathis yelled, totally impressed.

– Of course, Arthur replied. He's Mark Finn's American voice.

– And there's Cate Blanchet!!!

Arthur's eyes shone when he saw the Pixel PR assistant:

– Anna!

With her perfect make-up and fashionable designer dress, the young woman looked more beautiful than ever.

– Oh, Arthur, I'm so glad to see you!

Tony joined in the hugs. He looked like a bear made to wear an evening suit. Arthur introduced Mathis to his American friends.

– So this is your mysterious partner? asked the bearded man with a smile.

– Yep, my guardian angel.

– Come and sit down, Imane's going to speak.

Imane Latimer walked down the red carpet, dressed in a long tunic braided with gold and silver. She radiated beauty and confidence. She had taken over Pixel after her husband's death and was now directing the society. She climbed a short flight of stairs with dignity and moved towards a desk equipped with a microphone.

– I would like to thank the whole Pixel team who made an incredible effort to finish the movie you're going to see tonight.

Applause.

– But I would also thank two special guests, two young French boys who helped us through this terrible time. Without them, we might never have found the man who killed my husband...

and we might never have recovered his notebook. If we're now able to continue Edward's work, it's thanks to those boys. Yes, Arthur and Mathis, I'm talking about you !

A spotlight lit up the boys. Their cheeks burning with embarrassment, they didn't know how to react. Their embarrassment increased when the crowd applauded loudly. Eyes shining with pride for her young friend, Anna put her hand on Arthur's shoulder, and Tony made the boy hold up his arm, like a victorious champion.

– Now, I suggest that we all relax and enjoy the movie, Imane concluded.

The applause finally died down, the lights dimmed and, his heart full of joy, Arthur watched the immense movie screen in front of him. This was definitely an evening to remember !

Les auteurs

Après des études de cinéma, **Christophe Lambert** a réalisé plusieurs courts métrages, puis travaillé pour la télévision. Il est aujourd'hui une signature bien connue de la littérature de jeunesse, mais aussi de la littérature adulte, auteur d'une trentaine de romans : romans policiers, d'aventure, de fantasy et de science-fiction. Il puise parfois son inspiration parmi les nombreux films de genre visionnés pendant son adolescence. Depuis septembre 2013, il est professeur de scénario dans une école de réalisation audiovisuelle parisienne, la MJM. On peut citer, parmi ses derniers titres, *Virus 57* (Syros, 2014), *La Fille de mes rêves* (Syros, 2011), *Titanic 2012* (Gründ, 2012) ou encore *Swing à Berlin* (Bayard, 2012).

Journaliste, écrivain et comédienne, **Sam VanSteen** réalise il y a six ans son rêve de partir vivre à San Francisco, une ville qu'elle affectionne tout particulièrement. Aux États-Unis, elle continue d'écrire, que ce soit pour la presse ou en littérature, et mène son entreprise de production audiovisuelle Lili Merveille, qui travaille pour de nombreuses chaînes françaises et des compagnies américaines. Elle joue au théâtre et intervient de temps en temps en atelier d'écriture auprès des enfants scolarisés dans des structures françaises. Elle est revenue s'installer en France depuis l'été 2015.

Des titres pour tous les âges, à chacun « son Tip Tongue » !

"MES PREMIERS PAS EN ANGLAIS"

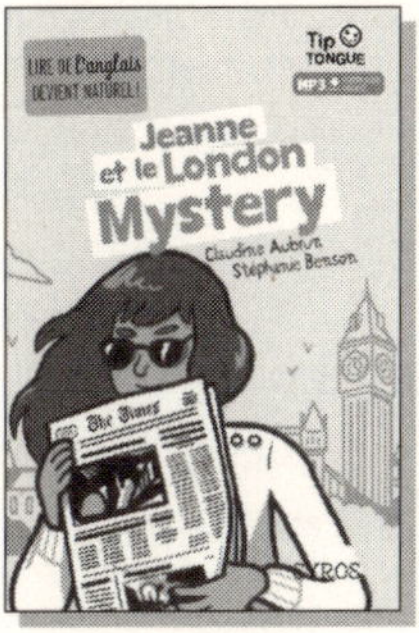

Jeanne et le London Mystery

CLAUDINE AUBRUN / STÉPHANIE BENSON

The winner is... Miss Jeanne Louvier! Jeanne a gagné un concours d'écriture : elle ira passer trois jours à Londres, chez la célèbre romancière Dorothy Stone. Mais tandis que Dorothy est accaparée par son nouveau roman, Jeanne découvre plusieurs messages cachés sous une pierre de son jardin...

À partir de 8-9 ans (CE2-CM1)
A1 Introductif

Florimond à la recherche du Oxford Treasure

YVES GREVET

Florimond est très angoissé à l'idée d'aller passer une semaine à Oxford sans ses parents. Heureusement, durant le trajet en Eurostar, il fait la connaissance de Youri, qui va à Oxford comme lui, et qui est très impatient ! Youri est en effet persuadé que la chapelle de la célèbre université dissimule un trésor...

À partir de 8-9 ans (CE2-CM1)
A1 Introductif

"MES PREMIERS PAS EN ANGLAIS"

Blanche-Neige et la Magic Frog

STÉPHANIE BENSON

Pour le malheur de Blanche-Neige, son père s'était remarié avec Queenie, une femme venue d'une contrée lointaine appelée Angleterre. Queenie était très belle mais pas très sympathique. Un soir que Blanche-Neige lisait un livre sur les animaux –elle voulait devenir vétérinaire–, elle entendit une voix. C'était Queenie qui parlait, s'adressant à son miroir. Mais que disait-elle ?

À partir de 8-9 ans (CE2-CM1)
A1 Introductif

Boucles d'Or et les Strange Bears

STÉPHANIE BENSON

Il était une fois une jeune fille qui avait les cheveux blonds comme de l'or et bouclés comme des ressorts, et qu'on appelait Boucles d'Or. Son frère avait les cheveux noirs comme l'ébène et raides comme la mort, mais on l'appelait Kévin ! Un jour, les enfants découvrirent une petite maison dans la forêt. Sur la porte était écrit : *The Bears' House*.

À partir de 8-9 ans (CE2-CM1)
A1 Introductif

"JE DÉCOUVRE L'ANGLAIS"

Noah et l'énigme du Ghost Train

STÉPHANIE BENSON

Noah est très déçu que son correspondant irlandais soit une fille ! Mais cette dernière va le surprendre : passionnée de football gaélique, Fiona n'a peur de rien. Alors quand elle apprend que le *Book of Kells*, véritable symbole national, a été volé, elle entraîne Noah à sa recherche.

À partir de 10-11 ans (CM2-6e)
A1 Découverte

Qui a vu le Phantom of the Opera ?

CARINA ROZENFELD

Gabriel est en vacances en Australie chez sa cousine Emily, dont le père travaille à l'opéra de Sydney. C'est l'occasion pour le jeune Français d'entrer dans les coulisses du bâtiment mythique en forme de voilier. Mais cette visite de nuit va se révéler pleine de surprises…

À partir de 10-11 ans (CM2-6e)
A1 Découverte

"JE DÉCOUVRE L'ANGLAIS"

Tom et le secret du Haunted Castle

STÉPHANIE BENSON

Pour les vacances de Noël, le père de Tom a décidé d'emmener son fils en Écosse, dans un véritable château hanté. Mais le premier soir, seul dans sa chambre, Tom entend des bruits bizarres… et tombe bientôt nez à nez avec une jeune Écossaise à la recherche de son frère disparu…

À partir de 10-11 ans (CM2-6e)
A1 Découverte

Hannah et le trésor du Dangerous Elf

STÉPHANIE BENSON

Sur le ferry qui l'emmène avec son jeune frère Hugo en Irlande, Hannah dérobe une peluche en forme de leprechaun, le célèbre petit elfe irlandais. Elle va très vite comprendre que le lutin à l'apparence inoffensive possède des pouvoirs magiques… et qu'il a un caractère épouvantable !

À partir de 10-11 ans (CM2-6e)
A1 Découverte

"J'AI COMMENCÉ L'ANGLAIS"

Lilith et la vengeance du Dark Magician

STÉPHANIE BENSON

Le père de Lilith est magicien et se produit dans le monde entier. Cette fois, Lilith et sa mère le rejoignent à Londres en prenant l'Eurostar. Mais, à leur arrivée, elles apprennent qu'il a disparu juste après avoir été vu en compagnie d'un homme étrange, tatoué d'une chauve-souris dans le cou...

À partir de 12–13 ans (5e–4e)
A2 Intermédiaire

Hélène et les Disappearing Gamers

NICOLAS LABARRE

Hélène vit une semaine sur deux avec sa mère et sa belle-famille américaine. Ce n'est pas toujours facile pour elle car elle n'est pas encore très à l'aise en anglais. Mais alors qu'elle retourne chez son père, elle le découvre évanoui devant l'écran de son jeu vidéo favori, *Thrones of the Kingdom*... Or, dans ce jeu, tout est en anglais !

À partir de 12–13 ans (5e–4e)
A2 Intermédiaire

"J'AI COMMENCÉ L'ANGLAIS"

Alex et le rêve de la New York Star

STÉPHANIE BENSON / JAKE LAMAR

Alex est en vacances chez sa tante à New York. Ses cousins sont passionnés de rap et n'ont qu'un nom à la bouche : celui de Diandra, une jeune star très populaire aux États-Unis, qui a disparu deux jours plus tôt. Qu'est devenue Diandra ? C'est Alex qui va le découvrir par hasard, en visitant la ville...

À partir de 12-13 ans (5e-4e)
A2 Intermédiaire

Peter et le mystère du Headless Man

STÉPHANIE BENSON

Pierre part en vacances dans le sud de l'Angleterre, chez ses cousins qu'il n'a jamais rencontrés. Dans l'imposante demeure familiale qui ressemble à un château médiéval, des objets disparaissent depuis quelque temps. Pierre, qui n'est pas très à l'aise en anglais, va pourtant dénouer ce mystère...

À partir de 12-13 ans (5e-4e)
A2 Intermédiaire

"JE LIS L'ANGLAIS"

Hidden Agenda

CHRISTOPHE LAMBERT / SAM VANSTEEN

Être reçu en VIP dans les coulisses de Pixel, le plus fameux studio d'animation au monde... Arthur réalise son rêve absolu de cinéphile. Mais au vu des événements, il ne va pas tarder à se sentir dans la peau d'un héros de thriller sous les palmiers de San Francisco.

À partir de 14-15 ans (3e–2nde)
B1 Seuil

La traversée du Time Tunnel

STÉPHANIE BENSON

Imaginez... vous êtes en vacances à Epsom, en Angleterre, et lors d'une promenade sur la lande vous découvrez un jeune homme habillé en soldat de la Première Guerre mondiale. Qui est-il, d'où vient-il ? Comme vous êtes une personne sensée, vous vous dites qu'il y a forcément une explication.

À partir de 14-15 ans (3e–2nde)
B1 Seuil

Tip Tongue existe aussi

"JE DÉCOUVRE L'ALLEMAND"

Martin et la mysteriöse Kreatur

ROLAND FUENTÈS

Martin passe une semaine dans la petite station de ski de Mittenwald, avec sa famille. Lors d'une montée en télésiège, il sent quelque chose lui piquer le cou. De retour au gîte, Martin découvre dans son écharpe un être minuscule, de la taille d'une puce. Il s'agit du célèbre *Meister Floh*, le personnage d'un conte d'Hoffmann qui ne manque pas de caractère et qui parle… allemand !

À partir de 10-11 ans (CM2-6e)
A1 Découverte

"J'AI COMMENCÉ L'ALLEMAND"

Emma et la japanische Mangaka

ISABELLE COLLOMBAT

Dans moins de six heures, Emma verra en chair et en os la star du manga Miki Kawase ! Pour son anniversaire, son père lui a offert le cadeau dont elle rêvait : deux billets de train pour Leipzig, la seule ville européenne où son idole, en tournée mondiale, a choisi de faire escale. Mais le voyage va s'avérer plus mouvementé que prévu…

À partir de 12-13 ans (5e-4e)
A2 Intermédiaire

en allemand et en espagnol !

"J'AI COMMENCÉ L'ESPAGNOL"

Benoît et la bande de los Moteros

MAÏTÉ BERNARD

Benoît va passer un mois à Ibiza, « le paradis de la fête ! » d'après ses amis. Une fois là-bas, il apprécie plutôt la beauté du paysage et le charme de Blanca, une petite brune à la voix rauque. Mais Blanca a déjà un copain, Paco, qui fait partie d'une bande de motards surveillée semble-t-il par la police. Autant de raisons pour Benoît de se mettre sérieusement à l'espagnol.

À partir de 12-13 ans (5e-4e)
A2 Intermédiaire

Je suis un verdadero Argentino

LAURENCE SCHAACK

Saul et son père, deux passionnés de football, vont passer une semaine en Argentine, tous les deux ! Mais dans l'avion, le père de Saul ne cesse de relire une mystérieuse lettre écrite en espagnol, et semble bouleversé. Saul va bientôt comprendre que l'Argentine n'est pas pour son père une destination comme les autres...

À partir de 12-13 ans (5e-4e)
A2 Intermédiaire

Loi n° 49-956 du 16 juillet 1949
sur les publications destinées à la jeunesse,
modifiée par la loi n° 2011-525 du 17 mai 2011.

Mise en pages : DV Arts Graphiques à La Rochelle
N° éditeur : 10225047 – Dépôt légal : mai 2016
Achevé d'imprimer en avril 2016
par Jouve (53100, Mayenne, France).
N° d'impression : 2359951Z

IMPRIM'VERT
Votre imprimeur agit pour l'environnement

FSC
www.fsc.org
MIXTE
Papier issu de sources responsables
FSC® C022030